I0634976

PARIS-NEUF

Tout exemplaire non revêtu de la griffe de l'Auteur sera réputé contrefait.

Charles Soullier

Paris. — Imp. de ÉDOUARD BLOT, rue Saint-Louis, 46 (anc. maison Dondey-Dupré.)

CHARLES SOULLIER

PARIS - NEUF

ou

REVE ET RÉALITÉ

GRANDE FANTASMAGORIE, COMPOSÉE DE QUARANTE-CINQ SATIRES, DESCRIPTIONS
HISTORIQUES OU TABLEAUX PITTORESQUES
SUR LA CAPITALE DE LA FRANCE, VERS LE MILIEU DU XIXᵉ SIÈCLE;
OUVRAGE ORNÉ DE NOMBREUSES GRAVURES

Lutætia non urbs sed orbis.

BIBLIOTHÈQUE NATIONALE · FONDS LE SENNE · IMPRIMÉS

PARIS

CHEZ GUSTAVE BARBA, LIBRAIRE-ÉDITEUR

8, RUE CASSETTE, 8

—

1861

OBSERVATIONS DE L'AUTEUR

La préface d'un livre est comme l'antichambre d'une jolie femme ; il ne faut pas y rester longtemps : c'est pourquoi celle-ci sera courte. Cette pièce d'entrée ou d'introduction est néanmoins quelquefois d'autant plus indispensable qu'elle donne au lecteur, sinon une idée du mérite de l'œuvre, du moins un aperçu du sujet qu'elle traite et du but qu'elle veut atteindre. Elle lui fait faire connaissance avec son auteur; elle l'illumine sur l'esprit du livre qui va l'occuper, sur son objet, sur son caractère; et elle lui donne ainsi le temps de la réflexion.

Dans un moment où Paris est, plus qu'il ne l'a jamais été, l'objet de la coquetterie municipale, il m'a semblé qu'un tableau vrai ou plutôt une suite de tableaux représentant avec fidélité les diverses scènes résultant des mœurs, des usages, des travers et des folies de cette nouvelle Babylone, vue dans toutes ses splendeurs et toutes ses misères, serait une œuvre généralement goûtée ; et que la poésie satirique ajoutcrait encore au charme de ce panorama. Si je me suis trompé, je n'aurai du moins trompé que moi-même, car le lecteur va être prévenu et saura très-bien d'avance à quoi s'en tenir.

Je vais être franc, sincère et vrai, dans toute l'étendue de ces trois mots synonymes confondus en un seul. Je serai sévère contre vice, — mordant contre le ridicule, — et inexorable contre l'égoïsme, la fraude ou l'immoralité. Peu m'importe que l'on taxe mes assertions de paradoxes, si consciencieusement je ne les crois point entachées d'erreur.

Que ceux qui n'aiment, en fait de poésie, que celle des boudoirs; que ceux qui ne recherchent que les inspirations fades et langoureuses, ferment ce livre; il n'a point été écrit pour eux. Ce n'est point ici l'œuvre d'un cerveau malade, d'un cœur atteint de mélancolie, qui pleure des vers pour tourner la tête aux jeunes demoiselles et aux belles mamans... C'est l'œil vigilant d'un Français, ouvert sur les intérêts de son pays, et une plume amie qui lui trace des lignes droites.

Mais... *l'on ne veut plus de vers*, me dira-t-on !... Eh ! pourquoi ne me dirait-on point avec aussi juste raison, et un peu plus de franchise, qu'on ne veut plus de satire ? Ce serait bien plus commode. Or, comme une satire ne saurait être écrite en prose, je passe outre à cette objection, et malgré cette cent-et-unième inconséquence de la mode qui change et change toujours, on me lira, parce qu'en France, quelle que soit la forme sous laquelle la vérité se présente, on l'accueille toujours avec plaisir, lorsqu'elle est fondée sur l'équité et qu'elle tend à faire un peu de bien.

Le titre de cet ouvrage devait être *Paris-Napoléon*, et je crois encore aujourd'hui qu'il serait difficile d'en trouver un qui rendît plus clairement la double pensée que j'ai eu en vue en l'écrivant, mais quelques observations qui m'ont paru n'être pas sans valeur, sous certain point de vue, m'ont déterminé à le modifier. Je ne pense pas qu'il soit nécessaire de développer ici les motifs de ce changement, qui se trahissent d'ailleurs assez bien eux-mêmes sans commentaires.

Dans ce travail je me suis souvent affranchi, non sans dessein, de la tournure purement poétique, afin de ne pas m'y départir du mot propre, et de lui conserver sa forme pittoresque ; j'y ai même quelquefois mis de côté la formule délicate pour l'expression vraie et énergique. Les personnes qui comprennent le mécanisme littéraire de ce que nous appelons vulgairement poésie, verront bien par l'élévation du style que j'y ai soutenu à certains endroits, que c'est volontairement que j'ai laissé échapper, à certains autres, de ces expressions que les uns appelleront des négligences et les autres du prosaïsme. Quelquefois seulement, afin de n'y pas trop forfaire aux exigences et aux habitudes littéraires généralement établies, j'ai su sacrifier des termes piquants, qui eussent mieux rendu ma pensée, mais qui peut-être auraient choqué le puriste et blessé certaines susceptibilités académiques. Telle est l'influence des préjugés, qu'ils ne savent pas circonscrire leurs rayons dans le cercle des mœurs, leur propriété unique, et qu'ils veulent empiéter jusque dans le domaine des lettres.

Les vers qu'on va lire ne sont pas seulement une suite de satires ; ils sont encore et ils sont plutôt une série de tableaux de mœurs, de conseils, de saines critiques ou d'appréciations consciencieuses, fruit des observations et des lumières de l'expérience. La droite raison et le sentiment de la plus impartiale justice y ont seuls conçu et exécuté. La main du littérateur a seulement essayé de semer quelques fleurs sur la route tracée, afin d'en aplanir les aspérités et d'adoucir la rudesse du moraliste.

Le corps de l'ouvrage, composé de quarante-cinq chapitres différents, a été divisé en quatre parties ainsi établies : 1° *les monuments, l'histoire, la politique* et *la civilisation* ; 2° *les établissements* et *les institutions* ; 3° *les maisons* ; 4° *les rues.*

La première partie est exclusivement consacrée aux matières graves ; et les traits satiriques, c'est-à-dire la partie amusante, les sujets ou les tableaux pittoresques des mœurs et de la vie parisienne, ne commencent guère qu'à la deuxième partie. Il est bon que les jeunes lecteurs en soient prévenus, afin qu'ils ne se trouvent pas trop rebutés par la sévérité un peu aride de ce commencement.

Que le lecteur éclairé, que j'accepte seul comme juge de mon œuvre, ne se trompe pas sur la nature des considérations qui l'ont inspirée. Qu'il ne croie point que l'esprit de parti ait dirigé ma plume. Que surtout il ne perde pas de vue que, d'un bout à l'autre, c'est toujours l'empereur Napoléon Iᵉʳ (son ombre du moins) qui parle, et non pas le poëte. Je puis être accusé d'avoir prêté à mon héros fantastique, par maladresse ou par ignorance, des paroles ou des sentiments qui ne devraient pas être les siens ; mais l'on ne saurait raisonnablement me les appliquer. Il y a entre les pensées ou les paroles que je pourrais concevoir ou prononcer moi-même, et celles que je prête à Napoléon Iᵉʳ, exactement la même différence qui doit exister entre les pensées et les discours d'un auteur dramatique et ceux qu'il met dans la bouche des divers personnages de ses drames, lesquelles pensées et lesquels discours doivent nécessairement varier selon leurs différents caractères ou les diverses situations de leurs rôles.

Je sais bien que certains rigoristes me reprocheront aussi d'avoir prêté à l'Empereur des préoccupations subalternes ou triviales, en lui faisant étendre et généraliser ses investigations satiriques sur les terrains les plus bourgeois, et d'avoir placé ainsi cette grande figure du siècle dans un cadre indigne d'elle.

« Napoléon Iᵉʳ, diront-ils, paraît là avec les auteurs, les artistes, les gens de bourse et même les concierges, tous individus avec lesquels il ne fut presque jamais en contact. Il s'occupe de tout, parle de tout, y a tout vu, tout entendu, comme le plus mince particulier ; il s'y livre enfin aux considérations les plus minutieuses et les plus infimes, etc., etc. »

Je m'attends bien à cette critique ou plutôt à cette chicane, qui aurait cependant plus de portée si l'on ne connaissait pas le caractère plein d'abandon, de profonde politique et d'habileté du héros. J'ai donc cru pouvoir me permettre cette sorte d'écart ou de hors d'œuvre social à l'égard d'un personnage éminemment populaire qui, ayant pu d'ailleurs aborder primitivement toutes les classes de la société, n'a même pas dédaigné plus tard de les consulter dans mille circonstances. Car bien que né dans l'aristocratie, qu'il avait hantée dans sa jeunesse, et parvenu ensuite aux plus hauts échelons de la fortune humaine, dans toutes ces diverses situations il abordait toujours sans morgue et même avec plaisir les classes les plus subalternes, en couvrant même quelquefois son auguste individualité sous le voile de l'*incognito*, afin de converser plus librement avec elles. Mais en définitive il ne faut pas perdre de vue que toutes ces scènes, tous ces tableaux sont le récit d'un rêve, et que ce n'est jamais que l'ombre du grand homme qui parle.

Qu'on ne croie pas, d'un autre côté, que j'aie voulu, dans ce livre, encenser le pouvoir régnant. Par mes relations de famille et eu égard à certaines considérations particulières, je devrais être plutôt légitimiste que républicain ; mais j'aime le peuple (le bon peuple du moins), et mon cœur français et philanthropique avant tout, n'a pu s'empêcher d'accueillir avec reconnaissance les sévères mais indispensables réformes, comme aussi les merveilleux changements apportés à la société par une main évidemment providentielle.

La plupart des anciens royalistes (et il en reste fort peu encore) sont d'ailleurs si exclusifs, si entichés de leurs vains titres et si exigeants ; ils ont commis tant de fautes, même au détriment de leur propre cause, que mon primitif enthousiasme a dû singulièrement s'attiédir ou se modifier ; ceci toutefois est moins une justification politique qu'un sincère aveu ou une confession. Mais parce que l'on a à se plaindre de quelques royalistes, ce n'est point une raison pour vouloir attaquer la royauté. Déblatérer contre la monarchie française, ce serait n'être point Français, ou s'avouer coupable de la plus inepte des ingratitudes. Nous ne sommes plus au temps des sauvages de 93. Il n'y a ni bonapartistes, ni socialistes, ni républicains qui ne sachent aujourd'hui honorer cette monarchie de quatorze siècles, qui d'une petite nation vaincue commença de faire le plus grand peuple du monde.

Je déteste la flatterie, et j'estime peu les flatteurs; aussi, ai-je toujours reculé avec dégoût devant les bassesses de Cour : qu'on se garde donc bien de vouloir démêler ici rien qui pût être fait dans un but indirect de me concilier les faveurs de l'Empire. Un tel calcul froidement intéressé, d'ailleurs peu compatible avec une œuvre d'art et d'inspiration, eût brouillé mes rimes et paralysé mes hémistiches ; mais toute considération personnelle a dû en moi céder le pas devant les faits éclatants et surtout devant l'intérêt général de mon pays, que je révère par-dessus toute chose.

La sincérité de mon cœur, dont ma plume, mes paroles ou mes actions furent toujours les interprètes, est connue de tous mes amis : poussée outre mesure, elle me fut souvent nuisible; mais cet excès de franchise, je me plais à le dire, est peut-être même encore une qualité; et, à défaut d'autre, je suis bien forcé de m'en faire un mérite. Tout ce que j'écris, je le pense; et tout ce que je dis, je le dis parce que je le crois.

Après ce sincère exposé, j'ose entrer en matière avec confiance et me présenter hardiment, *même avec des vers*, en face de la critique la plus sévère.

La pureté de mes intentions est mon sauf-conduit, et je saurai m'affranchir de toute autre dispense sur le terrain glissant de la publicité, si j'y trouve pour appui l'indulgente sympathie de quelques lecteurs intelligents.

C. S.

PARIS NEUF

Daroni & Murer, 12, rue Vivienne.

VUE DE PARIS
du haut des tours de Notre-Dame.

PLUS DE VERS!

— SATIRE PRÉLIMINAIRE —

« Lecteur, la poésie à ses longs jours succombe ;
» Mais les poëtes seuls pleureront sur sa tombe...
» N'achetez plus de vers : vous êtes épiciers,
» Juifs, mécaniciens, chimistes, financiers,
» Molusques, testacés, huîtres... La claire prose
» Est une source pure et limpide ; elle arrose
» D'humbles champs de navets, de trèfles, de sainfoins,
» Qui sont vos aliments. Lecteurs, soyez témoins
» Qu'elle est le réservoir de notre plume d'oie,
» Et laissez notre bec s'y tremper avec joie ! »

Tel fut, l'été dernier, le langage touchant
D'un grimaud égoïste, envieux et tranchant.
A peine avait-il dit, qu'accourant au bocage,
Depuis dix jours à peine échappés de leur cage,
Vingt étourneaux, parés des plumes du savoir,
Vinrent se rafraîchir au limpide abreuvoir :

1

» *Plus de vers!* criaient-ils; la prose seule est reine!
» Gloire au commun ruisseau! tarisse l'Hippocrène
» Sous sa triple colline et ses bois toujours verts!
» Guerre à mort aux rimeurs! *Plus de vers! plus de vers!*...

. . . .

Plus de vers!... Eh bien, soit; j'y consens : c'est la mode;
Mais de satire?... Oh! non, ce serait trop commode.
Némésis vous fait peur, vous craignez son essor :
Cela seul prouverait qu'elle doit vivre encor.
Vous auriez beau crier bien haut : Plus de satire!
Moi qui sais pour les mœurs le fruit qu'on en retire,
Je pose son miroir devant vous : approchez!
Qu'il montre à découvert tous vos vices cachés!

Vous avez donc juré guerre à mort à la rime!
Certes, je vous comprends : sa glorieuse escrime
Est pour vous un écueil; il lui faut un bras fort,
Et vous voulez marcher sans gêne et sans effort.
Vous voulez tuer l'art, dont le champ si fertile
Ne fut jamais pour vous qu'une lande inutile.
L'art est un pur flambeau qui vous blesse les yeux;
Mais il est immortel comme celui des cieux.
Le souffle de l'envie en vain voudrait l'éteindre,
Il brille à des hauteurs qu'elle ne peut atteindre.

Tuer l'art! c'est ainsi que vous persuadez!
Vous parlez de progrès, et vous rétrogradez!
Vous voulez redescendre aux époques premières,
Où la loi naturelle, à défaut de lumières,

Du genre humain naissant éclairait le berceau;
Et vous mettez la lampe ainsi sous le boisseau !
Mais des siècles passés l'histoire vous accuse,
Vous juge et vous condamne : Athènes, Syracuse,
Babylone, Carthage et Rome ont dû périr ;
Et ces grandes cités ont cessé de fleurir
Dès le moment fatal où leurs mœurs dissolues,
Trouvant de l'art des vers les lois trop absolues,
Voulurent immoler les Lettres et les Arts
A trois divinités : Bacchus, Vénus et Mars.
Eh bien, votre progrès à ces dieux qu'il encense
En ajoute un encor, quatrième puissance
Qui tarit dans vos cœurs la source des vertus;
Ce dieu, de tous vos dieux le plus grand, c'est Plutus !

Grâce à l'or, aujourd'hui, votre littérature
Marche selon les lois de la manufacture.
A cet indigne accord de l'argent et de l'art
Le cœur est étranger, l'âme n'a point de part;
Et cet abaissement, je l'ai dit, c'est l'abîme
Où les sociétés croulèrent de leur cime.
Mais sur ces vieux débris des temples renversés,
Même après un sommeil de vingt siècles passés,
Qui d'une ère nouvelle attestent l'origine,
Devant ces murs déserts, ces palais en ruine,
Homère existe encor : géant monumental,
Il n'est pas descendu de son haut piédestal.
A le faire oublier en vain on s'évertue,
On ne pourra jamais abattre sa statue.

Sa voix étouffera les cris des inconstants,
Et l'art qu'il a créé traversera les temps.

La sainte poésie est un rayon superbe
De l'éternel flambeau : c'est la plus belle gerbe
De la moisson du cœur où, dans son vol naissant,
Le génie inspiré peut glaner en passant.
La satire y puisa sa plus vive lumière ;
Elle est, comme la gloire, immortelle, et plus fière
Que la Garde, héroïque au milieu des combats,
Résignée à mourir, mais ne se rendant pas ;
Et la force brutale, unie à l'insolence,
A son austère voix n'imposent point silence.
Elle est un cri vengeur d'autant plus éclatant
Qu'on veut le comprimer ; son murmure s'étend
Comme un écho lointain qui gronde et se répète.
Némésis en courroux ressemble à la tempête,
Qui répond par la foudre au profanes clameurs,
Et qui devient terrible alors qu'on lui dit : Meurs!

. . . .

Plus de vers ! c'est l'esprit soumis à la matière ;
C'est le lâche honteux, mesurant la carrière ;
C'est la lourde ignorance, au sourire moqueur,
Qui ne sent plus vibrer les cordes de son cœur!
Quand cette grande voix du ciel et des prophètes,
Qui depuis deux mille ans fut celle des poëtes,
Leur aura refusé ses inspirations,
Et ne se fera plus entendre aux nations ;

Quand l'art du Créateur et toutes ses merveilles
Cesseront de charmer nos yeux et nos oreilles ;
Quand les champs n'auront plus de verdure et de fleurs,
Les rochers plus d'échos, l'aurore plus de pleurs ;
Quand on appellera fard, grimace ou chimère,
Les caresses d'un fils, les baisers d'une mère ;
Quand ce phénix divin, toujours ressuscité,
L'Amour, ne sera plus le dieu de la beauté ;
Quand nous deviendrons sourds, insensibles aux larmes
Qui de l'infortuné sont les dernières armes ;
Quand le vice, impuni dans son égarement,
Aura d'un coup mortel frappé le sentiment ;
Enfin, quand l'égoïsme et ses froideurs hautaines,
Après avoir glacé notre sang dans nos veines,
Nous aura condamnés à d'éternels hivers,
Alors nous pourrons dire avec vous : *Plus de vers !*

PARIS NEUF

PASSÉ EN REVUE PAR NAPOLÉON Ier

OU

RÊVE ET RÉALITÉ

PREMIÈRE PARTIE

LES MONUMENTS — L'HISTOIRE — LA POLITIQUE ET LA CIVILISATION

I

INTRODUCTION — LA COLONNE VENDÔME — L'AUGUSTE FANTÔME COMMENCE
SES RÉVÉLATIONS

C'était sur le déclin d'une belle journée,
Vers cette heure du jour au repos destinée,
Dans un de ces moments chèrement attendus,
Et si mal à propos nommés moments perdus.
Comme une vague en mer par les vents balancée,
Ma muse allait, venait, de pensée en pensée...
Une flamme soudain jaillit de mon cerveau.
Je rêvais sur le sort du grand Paris nouveau,

Admirant ses splendeurs, déplorant ses misères,
Ses tristes voluptés, ses douceurs mensongères,
Son luxe éblouissant, son tumulte et ses cris...
Dans ces réflexions le sommeil m'a surpris.

J'errais sous les pavots de son domaine sombre,
Lorsque je me sentis entraîné dans son ombre,
Sous les ailes d'un rêve, au champ du merveilleux.
Voici ce qui frappa mon oreille et mes yeux.
. . . .

Le jour venait d'éclore, et sur l'ardoise humide,
Le soleil, entouré d'une pourpre splendide,
Projetait ses rayons, dont les scintillements
Se reflétaient au loin sur tous les monuments.

Vieux soldat, j'admirais LA COLONNE VENDOME...
Napoléon Premier, là, debout sur son dôme,
Sentinelle d'airain veillant sur la cité,
Semblait me dire : « Viens ! monte ! » — J'y suis monté.

Quand j'eus posé le pied sur la dernière marche,
Et hasardé mon pas sur le perron de l'arche :
« Approche, me dit-il d'un air affable et doux;
Sois sans crainte : aujourd'hui je suis l'ami de tous.
Ombre, je n'ai plus rien du puissant personnage,
Du maître ambitieux : j'ai la vertu du sage.

» Sur ce bronze et du haut de cette tour, debout,
Sévère observateur, je vois tout, j'entends tout;

Je vois ton embarras ; je sais, pauvre poëte,
Dans ton nouveau dessein l'obstacle qui t'arrête :
Tu veux fronder les mœurs ; tu serais mal compris ;
Mais, moi, je t'aiderai. Sur la France et Paris,

¡Colonne Vendôme

Tour à tour, j'ai tant vu d'horreurs et de merveilles ;
Tant reçu, tant donné de leçons sans pareilles,
Qu'en oracle, aujourd'hui, de tout je puis parler ;
Et sur ce bloc d'airain je vais tout révéler.

2

» En m'occupant de tout, je ne saurais descendre
Au-dessous de ma gloire, au-dessous de ma cendre.
Un héros disparu ne parle plus en roi ;
En lui tout est néant... Que reste-t-il de moi?
Un souvenir... un nom... quelques brins de poussière...
En moi, de l'homme heureux poursuivant sa carrière,
La France avait connu le soldat, l'orateur,
Le guerrier, le monarque et le législateur ;
Le chrétien même encore, après la catastrophe :
Elle pourra connaître enfin le philosophe.
Dans ce panorama je veux tout consigner ;
J'y dois parler de tout : rien n'est à dédaigner.
Le moindre événement, la moindre circonstance,
Grâce à mon souvenir, auront leur importance.
L'impartialité guidera mes pinceaux.
Peintre fidèle, vrai, sincère en mes tableaux,
Je vais décrire au monde, en forme de revue,
L'histoire la plus neuve et la plus imprévue.
J'aborderai de front, après les monuments,
Les institutions, les établissements ;
Les lois, les arts, les mœurs, et la chose privée ;
Les hommes : ce sera ma dernière levée.
Là, seront confondus les états et les rangs,
Les faibles et les forts, les petits et les grands.
Tous les humains, pour qui le même soleil brille,
Ne forment plus pour moi qu'une seule famille,
Dont les membres divers méritent tour à tour
Même protection, même soin, même amour.
Ce grand peuple français qui partagea ma gloire,
Peuple si généreux au sein de la victoire,

Si léger dans la paix, si grand dans les combats,
Je vais le peindre à nu, du haut jusques en bas.

. . . .

. . . .

» Te souvient-il du jour, de mémoire funeste,
Où les Français, séduits par certain manifeste,
Aveuglés par la haine et par la trahison,
Sourds ou fermant l'oreille au cri de la raison,
Surent se rallier pour pousser dans l'abîme
Leur maître et leur ami devenu leur victime?
Ceux mêmes que j'avais élevés et nourris
Osèrent me fermer les portes de Paris!

» Et pourtant... insensés!... rage inepte et brutale!
En butte aux noirs accès d'une *terreur* fatale,
Sans ma volonté ferme et sans mon bras puissant.
Que seraient devenus la grande capitale,
Ses maisons, ses palais, son peuple menaçant?...
Un immense cachot et des ruisseaux de sang!...

. . . .

» J'arrivai dans ses murs le front couvert de gloire,
Brillant de cet éclat que donne la victoire,
De ce juste respect acquis au nom français,
Et de cet ascendant qu'entraîne le succès.

» J'eus alors de flatteurs une troupe importune :
Leur encens suit toujours le char de la fortune.

Vainqueur, j'étais un ange, un héros immortel ;
Malheureux et vaincu, je devins criminel !

» Vaincu ! moi ! moi, du monde et l'arbitre et le maître !
Oui, par la trahison, un jour, je devais l'être ;
Mais quand ce coup fatal au cœur me fut porté,
Sur ce bronze éternel j'étais déjà monté.
Quand l'heure du revers, qui tristement réveille,
Vint au milieu des camps sonner à mon oreille,
Il me restait, pour vivre, espoir et souvenir :
Du temps j'avais encor le passé, l'avenir,
Ces deux parts du grand tout qu'il divise en trois sommes ;
Mais le présent, ce lot réel pour tous les hommes,
Dont les droits sont toujours acquis et révolus
A tout être vivant, pour moi seul n'était plus. »

. . . .

. . . .

II

SOUVENIR DE 1814 — L'ARISTOCRATIE — LES ÉTRANGERS A PARIS — ILS VEULENT
RENVERSER LA COLONNE VENDÔME — ELLE RESTE DEBOUT — LA CITÉ — LE PALAIS
DES THERMES — PARIS QUI VIENT ET PARIS QUI S'EN VA.

« Que peut me reprocher cette aristocratie
Qui m'a précipité ? Devant son inertie,
De farouches tribuns, satrapes de la loi,
Avaient couvert de sang le palais de son roi.

Je balayai leurs clubs, je restaurai les cultes ;
Et quand le peuple, armé pour venger leurs insultes,
Disait en me voyant : « Gloire au libérateur ! »
Elle osait me donner le nom d'usurpateur !

» Ce qu'on nommait alors *les Blancs* n'est pas la France ;
Reconquérir *leurs droits* était leur espérance.
Au gré de leur parti j'aurais dû, par devoir,
Et dès le lendemain, abdiquer le pouvoir.
J'avais atteint leur but : ma tâche était remplie...
Devant l'autorité que j'avais rétablie,
Il ne me restait plus, pour vaincre leur courroux,
Qu'à leur demander grâce et plier les genoux.
J'étais venu, pour eux, sauver la monarchie
Contre la république et contre l'anarchie :
Dieu m'avait envoyé pour calmer leurs discords.
Aux portes du palais, comme un garde du corps,
Provisoire planton, je défendais la place ;
Mais celui dont le bras dompta la populace,
Après l'œuvre accomplie et le danger passé,
Comme un chien dangereux devait être chassé !...
Retire-toi, valet ! repose-toi, gendarme !
Ton sabre intelligent a dissipé l'alarme...
Adieu ! tout est fini : Sa Majesté le Roi
Pour sa tranquillité n'a plus besoin de toi !...

. . . .

» Cent chevaux, à ce bronze attelés par un câble,
Dédaignaient de répondre à la rage implacable
De ces fiers étrangers, devenus les plus forts,
Après avoir compté nos traîtres et nos morts.

» — Hâtons-nous, disaient-ils, de démentir l'histoire !
Fouette cocher ! faisons bon marché de sa gloire !
Encor quelques efforts, nous en viendrons à bout !
Brisons cette colonne !... — Elle resta debout !
Car j'y devais, un jour, veiller en effigie,
Sur ce *Paris nouveau*, grandi sous la magie
De ce nom désormais en tout lieu respecté,
Mais qui doit aux Français sa popularité

» C'est d'ici que mon aigle, en planant dans l'espace,
Peut voir le temps qui fuit avec l'homme qui passe ;
Peuple et rois tour à tour au pouvoir s'installer,
Leurs vœux s'évanouir et la Seine couler.

» Cependant, au milieu de ces rêves sans nombre,
Qui naissent au grand jour et s'éclipsent dans l'ombre,
Saturne dans son vol, avec ses vanités,
Sème sur son chemin quelques réalités.

» Homme, j'aimai toujours à consulter l'histoire ;
Aujourd'hui, son flambeau, le seul non illusoire,
Comme un astre brillant, même après le trépas,
Chez les morts sert encore à diriger mes pas.
Du dôme où sur Paris s'élève ma statue
J'aime à juger comment le temps se perpétue ;
Dans ses nombreux essors combien l'esprit humain,
Sous l'aile du progrès, peut faire de chemin ;
Et surtout... oh ! surtout par quel mystère étrange,
Par quel prodige heureux, sous quel œil d'homme ou d'ange,

Paris, dont, grâce au Ciel, les beaux jours ont relui,
A pu se faire enfin ce qu'il est aujourd'hui.

» Regarde, suis mon doigt, étends au loin la vue :
D'ici je vais passer les... pierres en revue ;
Si je ne puis plus rien sur les événements,
Je domine du moins encor les monuments.
Tout doit céder au temps, ce plus grand des arbitres ;
Mais, même en abdiquant sur lui mes plus beaux titres...
Après avoir été général, dictateur,
Monarque, je n'ai pu franchir telle hauteur
Sans mesurer des cieux la distance infinie.
Je devais être encore officier du génie,
Borne... voyez pourtant ce que nous devenons !
Bonaparte, inspecteur des travaux !... Reprenons.

» Que ne puis-je d'un trait remonter à la source
Des vieux siècles passés ! Lutèce suit leur course
Comme un soleil naissant qui de l'ombre surgit,
Projette ses rayons, s'étend et s'élargit.
Quelle fut de ces temps la primitive scène ?...
Vois-tu, là-bas, ce point embrassé par la Seine ?
Ce point, c'est *la Cité ;* tel fut Paris enfant :
Son berceau gît encor sur l'îlot triomphant.
Combien il a grandi depuis ces temps antiques !
Ces vieux frontons mêlés aux élégants portiques
Qu'on doit aux descendants des Francs et des Gaulois,
Témoignent du progrès de leurs mœurs, de leurs lois.

Des lettres et des arts là sont les premiers germes :
Leur premier monument fut le palais des THERMES.

. . . . ,

Palais des Thermes

Mais ne pénétrons point dans ces antiquités
Et n'abordons Paris que par ses nouveautés.

» La richesse et le goût de notre architecture
Surpassent en valeur la gothique structure.
Devant son noble aspect, sa mâle vérité,
Son ordre symétrique et sa simplicité ;
Quel froid archéologue, entiché de constance,
Oserait hardiment prononcer la sentence
Du grand Paris moderne, et réduire au néant,
Pour son vieux reliquaire, une œuvre de géant ?

» Idolâtre obstiné du temps qui te défie,
Toi dont la main sévère immole et sacrifie
Au culte du passé le présent, l'avenir ;
Dont l'œil conservateur se borne au souvenir ;
Dont l'amour pour les arts, dans les cités de France,
Donne tout à la crainte et rien à l'espérance ;
Toi pour qui l'air, le jour, la grâce, la beauté,
La jeunesse, la vie et la salubrité,
Ces doux bienfaits du ciel, ne sont que lettres closes,
Tranche et prononce-toi, si tu peux, si tu l'oses,
Entre Paris qui vient et Paris qui s'en va !

» Ah ! respect aux vieux murs que le temps conserva ;
Et, pour les raffermir sur leur base première,
De leur front décrépit secouons la poussière ;
Mais, protecteurs aussi des chefs-d'œuvre nouveaux,
De l'art contemporain admirons les travaux. »

III

LE PANTHÉON — LA MADELEINE — L'HÔTEL DES INVALIDES

« J'ouvrirai ma revue, en homme de tactique,
Par deux beaux monuments, qui, taillés à l'antique,
Doivent être, je crois, placés aux premiers rangs :
Comme types de l'art ce sont les deux plus grands.

L'un, c'est LE PANTHÉON; l'autre, LA MADELEINE.
Lorsque j'étais captif à l'île Sainte-Hélène,
Il me vint à l'esprit, dans mon *Mémorial*,
D'appeler celui-ci *le Temple impérial*.

La Madeleine

Par son style, sa forme et ses tableaux d'histoire
Il me représentait *le Temple de la Gloire*.
L'art voulut mettre un siècle à fixer son autel,
Et ce n'était pas trop pour son culte immortel.
L'inaugurer moi-même était mon espérance :
Il fallait à Paris, il fallait à la France,
Aux vainqueurs des Césars, vaillants comme autrefois,
Un beau monument grec digne de leurs exploits.
Guerrier, c'était mon rêve...; ainsi l'homme propose ;
Mais le Grand Architecte, après l'homme, dispose :
Il arma contre moi ses ministres sacrés,
Humbles admirateurs, jamais trop admirés,

Qui jugèrent en corps que mes belles peintures
Allaient au Créateur mieux qu'à ses créatures.
De ce vaste univers lorsque l'on est le roi,
Il est bien naturel de commencer par soi.

» L'autre temple français, sorte de catacombes
Ouvertes dans Paris aux plus célèbres tombes,

Le Panthéon

Prises dans tous les rangs et dans tous les états,
Commerçants, orateurs, artistes ou soldats,
Est un vol fait à Sparte après Lacédémone :
C'est l'œuvre de Marat ; n'importe, elle était bonne ;
Elle rendait hommage à tout grand citoyen :
Telle était sa pensée, et je n'y changeai rien.

Mais les législateurs brouillent tout dans leurs tables ;
Les hommes sont changeants et leurs lois sont peu stables.
Il n'est rien ici-bas de vrai, de solennel
Que ce qui vient de Dieu, seul principe éternel.
O sainte Madeleine ! O sainte Geneviève !
Nobles dames du ciel, honneur des filles d'Ève !
A Paris, mieux que moi, pauvre Napoléon,
Vous aurez votre Temple et votre Panthéon ;
Hors d'eux point de salut, en eux tout est mystère...
Qui m'eût jamais prédit qu'un jour, sur cette terre,
Quand j'aurais fait au monde un éternel adieu,
Mes plus petits palais seraient dignes de Dieu !

» La gloire et le pouvoir, ces biens si peu solides,
M'auront valu du moins ma place aux INVALIDES.

Hôtel des Invalides

Là, du matin au soir, chaque jour je reçois
Les hommages directs de mes jambes de bois.

Leurs lauriers ont jauni ; c'est la feuille qui tombe..
Nous serons bientôt tous réunis dans la tombe ;

Tombeau de Napoléon Ier

Et dans ce grand champ-clos des destins accomplis
Je pourrai librement leur parler d'Austerlitz,
De Wagram, de Friedland, d'Eylau, quatre journées
Qui d'un peuple guerrier marquant les destinées,
Soumirent à ses lois tous les trônes du Nord,
Unis pour lui montrer la raison du plus fort.
Loin des regards jaloux, au milieu de mes braves,
Là, j'oserai traiter les sujets les plus graves ;
J'oserai hardiment soulever à leurs yeux
Les voiles les plus noirs, les plus mystérieux.

Je leur dirai comment deux généraux modèles,
Aussi bien que Marmont, devinrent infidèles ;
Comment l'on m'a vaincu, pourquoi l'on m'a trahi ;
A quel prix, sans combat, Paris fut envahi ;
Et, de la vérité suivant partout les traces,
Je leur démontrerai, pour éclairer leurs races,
Ce que coûtent de sang les révolutions,
Ce que coûtent d'honneur les *restaurations!...* »

.   .   .   .

IV

LES ORDONNANCES DE JUILLET — 1830 — LOUIS-PHILIPPE — COUARDISE, AGIOTAGE
— LES FORTIFICATIONS — LE RETOUR DES CENDRES

« Mon drapeau fut vengé le jour des *ordonnances*,
Grand jour où, réveillant de vieilles souvenances,
Le canon de *Juillet* retentit dans ces murs.
Le canon!... pauvre roi!... Les temps n'étaient pas mûrs.

» Ses malheureux soldats durent céder la place
A certain *Lieutenant*, roi de la populace,
Roi mixte, vrai Janus, monarque et citoyen,
Qui semblait au pays se livrer corps et bien,
Mais qui, bientôt après, faisant fi de la gloire,
Dédaignant la conquête et conspuant l'histoire,
Mit la France à deux doigts de son abjection :
Au-dessous de son rang de grande nation.

» Dès ce moment aussi, lettres, beaux-arts, sciences
Croulèrent sous le poids de ses insouciances :
L'or et les épiciers avaient tout envahi ;
Le peuple maudissait ceux qui l'avaient trahi
Ce prince agioteur, ennemi de la guerre,
Lançait ses millions aux banques d'Angleterre,
Et semblait vouloir dire à nos peuples vaincus :
Touchez là, mes boulets sont des piles d'écus !...

» Ses ministres marchands, baissant tout à leurs tailles,
Réduisaient en gros sous le bronze des batailles.
Les tours et les clochers en avaient pris leur part :
Soult ornait les couvents et trafiquait de l'art...

» Puis, afin que nos murs, gardiens de ces reliques,
Par de profanes mains ne fussent point touchés,
Ces héros de la paix, ces profonds politiques,
Pour veiller au salut de leurs trésors cachés,
Construisaient, aux dépens des ressources publiques,
L'enceinte continue et les *forts détachés !...*

. . . .

» Mais j'entends, à ces mots, un plaisant qui s'écrie :
« Traiter ainsi le roi qui sauva la patrie !
» Lâche profanateur ! impertinent soldat !
» Oses-tu l'insulter ? va, tu n'es qu'un ingrat !
» On ne déchire pas la main qui restitue :
» N'a-t-il pas, le premier, restauré ta statue ?
» Réclamé ton cercueil ? — Inconséquence ! — Non !
» Il devait cet honneur au héros du canon.

» Par cette allégorie il inhumait la guerre,
» Lui, qui l'eût voulu voir à mille pieds sous terre :
» Adieu! te disait-il, adieu! repose en paix
» Dans ce caveau superbe et sous ce marbre épais!
» Adieu! je veux en toi faire les funérailles
» De la gloire des camps, de l'orgueil des batailles ;
» Et ces derniers devoirs, je les dois, je les rends
» Au conquérant des rois, au roi des conquérants! »

. . . .

La Belle-Poule

« Voyez-vous ce beau coq, fier sur sa *Belle-Poule*,
Traînant l'aigle défunt aux clameurs de la foule,

Durent & Marce. 12, rue Vivienne

TOUR S. JACQUES

Qui, saluant ma cendre à son triste retour,
Applaudit aux vertus de son oiseau de cour !

Entrée du Char funèbre

. . . .

C'est encor moi qui fis sa plus belle journée ;
Mais l'injure du Ham doit être pardonnée :
Le coq chantant la paix du haut de vos remparts,
Vous a rappelé l'aigle et ses fiers étendards. »

V

LES PORTES SAINT-MARTIN ET SAINT-DENIS — LA BARRIÈRE DU TRÔNE — LA BASTILLE
ET VINCENNES — L'ARC DE TRIOMPHE DE L'ÉTOILE — LE BOIS DE BOULOGNE

« Quand Paris, pour ses rois si prodigue de fêtes,
Voulut perpétuer leur gloire ou leurs conquêtes,

4

En donnant aux faubourgs leurs deux portails bénis :
SAINT-MARTIN ne put pas éclipser SAINT-DENIS.

Porte Saint-Martin

» Même sort n'attend pas LA BARRIÈRE DU TRONE,
Dont les deux rois debout étalent leur couronne.
A ce guichet royal, devenu trop fameux,
Il fallait un pendant, mais un pendant heureux,
Qui pût faire oublier *la Bastille* et *Vincennes*,
Leurs sanglots déchirants et leurs sanglantes scènes !

Cette auguste barrière attendait une sœur,
Dont la clef pour Paris fût un fer défenseur.

Porte Saint-Denis

A cette porte enfin qu'entoure un sombre voile,
Nous avons dû répondre, avec l'ARC DE L'ÉTOILE,
Aux souvenirs de honte et de captivité
Par ceux de la victoire et de la liberté.

.   .   .   .

» Dans le *bois de Boulogne* et les *Champs-Élysées,*
Des merveilles bientôt seront réalisées ;

On y contemplera l'immensité des eaux.
Ce sont partout déjà des sites, des tableaux

Barrière du Trône

Qui tiennent du prodige et de la féerie ;
Fut-il plus beau sujet de fantasmagorie ?

Arc de triomphe de l'Etoile

» Vois-tu, bien loin, là-bas, cet Arc majestueux,
Entouré de rayons comme un point lumineux,

Dessinant sur le sol une étoile brillante,
Qui perce en tous les sens la plaine verdoyante?...
Ces splendides rayons, ce sont des boulevards.
Flambeau de la cité, veillant sur ses remparts,
Imposant le respect aux nations du monde,
Ce bel Arc sur la France attire leurs regards ;
Il reflète sa gloire en souvenirs féconde,
Comme un phare éclatant qui répand sa clarté
Sur le vaste océan de la postérité.

» Il est environné de villas ravissantes,
De kiosques, de bosquets, de sources jaillissantes,
De somptueux jets d'eau, de limpides bassins,
Partout à l'infini variant leurs dessins.

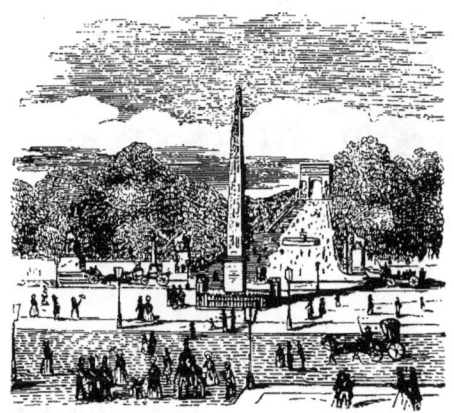

L'Obélisque du Louqsor et les Champs-Élysées

» La ville de Paris de splendeurs étincelle ;
On peut bien l'appeler la ville universelle.

Dans ce séjour heureux, qui les résume tous,
Rival de la nature et de ses dons jaloux,
L'art dressa des autels à toutes ses idoles :
La Suisse y peut revoir ses lacs et ses chalets,
L'Égypte ses granits, Venise ses gondoles,
Pékin ses pavillons et Rome ses palais »

Le Louvre et les Tuileries, vue prise à vol d'oiseau

VI

LE LOUVRE ET LES TUILERIES — LES JARDINS PUBLICS — LA FONTAINE DES INNOCENTS
— NOTRE-DAME DE PARIS — L'HÔTEL DES MONNAIES — LE PALAIS-ROYAL — LE PALAIS
DE JUSTICE — LA SAINTE-CHAPELLE

« Tout l'or et le crédit de mes chancelleries
N'auraient pu réunir le LOUVRE aux TUILERIES

Qui, depuis deux cents ans, sans pouvoir faire un pas,
Se regardaient toujours en se tendant les bras.

» Ce que j'avais rêvé n'est plus une chimère :
Trois ans ont accompli cette œuvre séculaire ;
Et, grâce au vœu constant, au ferme parti pris
D'un auguste pouvoir qu'on taxa de folie,
Mais qui devint oracle alors qu'on eut compris,
Devant lequel enfin, fort ou faible, tout plie,
S'élève un *Carrousel* au centre de Paris !... »

.   .   .   .

.   .   .   .

« Il voulut en Édens transformer ses cloaques :
Le Châtelet, Saint-Leu, Saint-Nicolas, Saint-Jacques,
Tous les quartiers obscurs, humides et malsains,
Sont métamorphosés en squares et jardins.
D'une nymphe aux doigts d'or la baguette magique
Exerce sur vos toits son charme féerique.
Sur d'arides terrains, hier chauves encor,
Transportés par les mains de l'art, comme un décor,
De superbes ormeaux contre l'ardeur solaire
Vous prêtent aujourd'hui leur ombre séculaire.

» Des blocs monumentaux, par de hardis leviers
Rehaussés sur leur base, ont grandi de vingt pieds.

» Pour la seconde fois, la célèbre *fontaine*
Dite *des Innocents,* œuvre de Jean Goujon,

Vit loin de son berceau transplanter son donjon,
Plus heureux que celui de *la Samaritaine*.
Son eau, jusqu'à ce jour, source errante, incertaine,
Est pour jamais vouée aux jeux des innocents.
L'on créa sous ses murs, toujours rajeunissants,
L'un de ces frais jardins où, quand le soleil brille,
Des peuplades d'amours, trésors de la famille,
Courant parmi les fleurs autour d'un clair bassin,
Vont d'un sol généreux respirer l'air plus sain.

» *Le Louvre* a richement restauré ses moulures,
NOTRE-DAME ses tours, ses fines dentelures.

Notre-Dame

L'*Hôtel de la Monnaie* et le PALAIS-ROYAL,
Qui serait mieux nommé *Bazar Impérial*,

Le *Palais de Justice* et la **SAINTE-CHAPELLE**,
Vestiges glorieux de l'antique cité.
Tout ce qui parle au cœur et tout ce qui rappelle,
Vient d'être rajeuni, peigné, ressuscité.
Paris, pour saluer l'Empire et ses conquêtes,
Semble avoir revêtu ses beaux habits de fêtes.

La Sainte-Chapelle.

Ce n'est plus ce Paris, sombre, humide, enfumé ;
C'est un beau *Paris neuf*, richement costumé,
Qui, pour l'orgueil du trône et l'honneur des familles,
Vient de jeter au vent et changer ses guenilles,
Ses haillons dégoûtants, ses obscurs oripeaux,
Contre sa noble étoile et ses vaillants drapeaux. »

5

VII

NOUVELLES DÉCOUVERTES — LES MACHINES A VAPEUR — LES CHEMINS DE FER
— LES TÉLÉGRAPHES ÉLECTRIQUES — LES AÉROSTATS — RÊVES AÉRIENS

« L'ordre et la liberté font fleurir la science :
Marchons vers l'avenir en toute confiance.
Ah ! si l'on m'avait dit, lorsqu'un jour, entouré
De flatteurs, et par eux assez mal inspiré

Steamer.

Pour soumettre au blocus les Iles Britanniques,
Qu'un Fulton surgirait avec ses mécaniques ;
Qu'on pourrait à Boulogne armer cinq cents *steamers* [1],
Et lancer avec eux mes soldats sur les mers ;

1. Lisez *stimers*.

Qu'on verrait, sous les murs de l'antique Lutèce,
La vapeur à la voile opposer sa vitesse ;

Locomotive.

Si l'on me l'avait dit... je ne l'aurais pas cru !...
Vous m'eussiez vu pourtant, dans ses bras accouru,
Dire à ce grand génie, en lui baisant la tête :
— Un royaume au héros d'une telle conquête !...

» Eh bien, il disait vrai : maintenant le succès
De cette découverte est acquis aux Français,
Aux nations, au monde ; aujourd'hui, ces prodiges,
Dont le rêve aux Newton eût donné des vertiges,
Au siècle où vous vivez, sont un fait accompli,
Et sur eux, grâce au ciel, l'Empire est rétabli !

» Le dix-neuvième siècle, en merveilles fertile,
Si belliqueux d'abord, devint un siècle utile.
La gloire, sous les pas de mes vaillants guerriers,
Avait pour les Français semé tant de lauriers,
Qu'il leur était permis, vers le soir des conquêtes,
De s'en faire un beau lit pour reposer leurs têtes.

C'est sans doute en rêvant sur ce lit glorieux
Qu'ils furent inspirés : la gloire ouvre les yeux.
La chimie, au secours des sciences physiques,
Des arts industriels et des arts mécaniques,
Un beau jour, révéla sa force à la vapeur,
Mystérieux agent dont l'aigre voix fait peur.
La marche du progrès fut, dès lors, très-active :
Après le paquebot vint la locomotive,
Éole impétueux qui promène en sifflant
Sa bouche au ciel ouverte et son panache blanc.

Chemin de fer.

» A d'autres de blâmer l'influence fatale
Qu'exerce le progrès sur cette capitale !
Grâces à ses bienfaits, le fougueux genre humain
Peut faire, en temps égal, dix fois plus de chemin.
La malle de Calais, pour arriver à Douvre,
En dépit des brouillards dont l'horizon s'y couvre,
Ne devra plus sur l'onde attendre au jour suivant,
Mais de la fraîche aurore à son soleil levant ;

Car la science, enfin, par des lois sans pareilles,
Aux merveilles d'hier a joint d'autres merveilles.
Le progrès, poursuivant son vol avec fierté,
A passé de la flamme à l'électricité.

» Les siècles sont des ans, les heures des minutes ;
Un seul geste suffit pour transmettre les luttes
De la Chambre des lords au conclave romain.
Vingt peuples étrangers se sont donné la main ;
Ils conversent entre eux ; de leurs vœux interprète,
Prompte comme la foudre au sein de la tempête,
A travers les rochers, sous les flots, dans la mer,
La pensée, à leur gré, court sur un fil de fer.

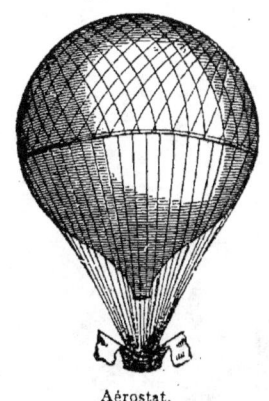

Aérostat.

» Qui sait? peut-être, un jour, l'homme fendant les nues,
Ouvrira dans les airs des routes inconnues,
Où le gaz, à l'appui d'un ressort directeur,
Maîtrisera les vents, sans braise et sans vapeur. »

VIII

LA TOUR DE NESLE — LA BASTILLE — LE PONT-NEUF — LA STATUE D'HENRI IV
— LA COLONNE DE JUILLET

« Il est passé le temps, et n'est point à renaître,
Où les rois, en querelle avec leur bon Paris,
Armés d'une arquebuse, allaient, à leur fenêtre,
Canarder leurs sujets, sans peur d'être proscrits.

. . . .

» Là fut la tour de Nesle, ici gît la Bastille.
Près la Seine qui coule et le bronze qui brille,
Sous leurs débris sanglants, par l'aigle remplacés,
Les vieux crimes des rois reposent effacés.

Pont-Neuf.

» Sur ce PONT, toujours NEUF, grâce à nos sympathies,

Ce roi qu'ont salué toutes les dynasties,
Dieu d'airain que le temps ne saurait ébranler,
Rappelle un souvenir qui vit pour consoler ;
Et sur cette colonne, idole de la foule,
La Liberté, debout sur son immense boule,
Relève en vain le pied pour fuir et s'envoler. »

. . . .

Colonne de Juillet.

IX

« Car, depuis certain jour d'éternelle mémoire,
Constituant des droits consacrés par l'histoire,
L'industrie et les arts ont nivelé les rangs.
Sur le monde, affranchi du règne des *tyrans* [1]
Par le canon du peuple, immortelles étreintes,
Le siècle, en expirant, a laissé des empreintes
Que n'effaceront point, sous leur sceau détesté,
    L'Anarchie et le Despotisme,
Deux monstres, frère et sœur, issus du fanatisme,
Sombre ennemi de l'ordre et de la liberté.

» Sur les débris fumants du vieux monde en ruines,
Le sol, régénéré par la paix des humains,
Ensemencé d'ailleurs par quelques sages mains,
Brûla d'autres encens : deux saintes héroïnes,
Deux principes féconds, deux puissances divines,
De la guerre en repos furent les successeurs.
Dès lors, dans nos cités, le deuil par ses noirceurs

1. Quelques lecteurs pourraient peut-être se méprendre sur le sens et l'application du mot qu'emploie ici le dompteur des brouillons démocrates, véritables ennemis du peuple et principaux fauteurs de l'anarchie. A son point de vue, les *tyrans*, c'étaient les *Jacobins*. (NOTE DE L'AUTEUR.)

Ne vint plus, avant l'heure, attrister la nature :
        L'Industrie et l'Agriculture,
Telles sont de la Paix les deux sublimes sœurs.

. . . .

» Et ne crois point qu'ici, changeant de personnage,
Je veuille, par ces mots, à mon nom faire outrage.
Je ne viens point par eux renier mon passé :
Ce n'est plus le guerrier qui parle, c'est le sage.
La vie est un chemin par la gloire exhaussé,
Mais que la mort nivelle avec sa main de glace ;
Quand l'étoile a brillé, la nuit, l'homme qui passe
Ne voit plus son soleil par son ombre éclipsé.

. . . .

» L'aigle sur ses lauriers pour un temps se repose ;
Mais son réveil est prompt quand le danger l'impose ;
Dès que le tambour bat, vite il reprend son vol,
Et l'astre d'Iéna brille à Sébastopol.

. . . .

» Vous le verrez plus tard voler en Italie,
Et partout, quand des rois la hautaine folie,
Oubliant des Français l'invincible valeur,
Osera leur donner un rendez-vous d'honneur.

» Alors la fermeté sera de la prudence.
Jetant sur ses voisins un regard paternel,
S'il peut, dans un élan sublime et solennel,
De la terre des arts sauver l'indépendance,

6

Pour venger un pays lâchement insulté,
L'Empereur tirera le glaive avec fierté ;
Et ses braves soldats, formés à mon école,
Suivront mon héritier et le drapeau d'Arcole
Au chemin de la gloire et de la liberté ! »

Le pont d'Arcole.

X

RAPPROCHEMENTS ET COMPARAISONS POLITIQUES — L'HOSPICE DES OUVRIERS INVALIDES
— LE VÉSINET — LA RUE DE RIVOLI — L'HÔTEL DU LOUVRE

« Jugeons et comparons les hommes et les choses ;
Examinons l'Empire et ses métamorphoses :

Il a fait succéder la paix et l'union
Aux haines des partis, à l'agitation ;
A la lutte oratoire, aux cris parlementaires,
Le calme des débats et leurs lois salutaires ;
Au tumulte des clubs, le bruit des ateliers ;
Au chômage arrogant, les travaux réguliers ;
Au roi toujours en prise avec la multitude,
Le prince plein d'amour et de sollicitude,
Même pour ces proscrits qu'un fol orgueil perdit,
Et qu'il rappelle encore après qu'ils l'ont maudit!...
Abrogeant leur exil, qui brisait leurs carrières,
Il changea leurs cachots en cités ouvrières,
Asile du travail, seul solide trésor.
Au lieu de ces héros de l'argent et de l'or,
Princes spéculateurs quêtant un apanage,
Un héritier du trône, aux enfants de son âge,
Ouvre son jeune cœur et sa bourse en naissant,
En attendant le jour de leur donner son sang.

» Vois, vois, combien partout son amour se révèle :
Il a fait de Lutèce une ville nouvelle,
Dont sa main d'Empereur posa les fondements,
Où se sont élevés d'utiles monuments.

» Dans les bouges infects de leur sombre demeure,
Des malheureux, luttant contre leur dernière heure,
Loin des rayons du jour, pour eux seuls éclipsés,
Végétaient tristement, pêle-mêle entassés.
Il voit, il dit un mot : la pâle fourmilière
Est sortie à sa voix de ce nid de poussière

Où l'homme, comme un mort, gisait enseveli.
Le bras d'un souverain sur Paris démoli,
Comme dans un vieux champ ferait une charrue,
Semant la vie et l'or, la lumière et l'oubli,
Trace et perce à vos yeux cette superbe rue
Qui vaut une victoire et prend nom *Rivoli !*

» De brillants magasins ce beau quartier se couvre.
Dans les riches maisons de l'artère qui s'ouvre,
Le modeste artisan fait place au riche Anglais ;
Et sur de vieux débris s'élève aux pieds du Louvre
Le Louvre, immense hôtel, grand comme son palais !.

Palais-Royal.

» Nos braves ouvriers, soldats de l'industrie,
Sont aussi des enfants de la mère patrie,

Courant dans leurs travaux, comme eux, mille dangers,
Comme eux luttant aussi contre les étrangers.
De la mine profonde ils percent les entrailles,
Et, dans leurs noirs sentiers, comme au sein des batailles,
Où tant de mutilés sont mis hors de combat,
Ils ont bien mérité du Prince et de l'État.
Votre Empereur voit tout : sous sa main protectrice,
Vincennes disparaît, et devient un hospice :
Comme nos vieux guerriers, sous son règne immortel,
Les travailleurs blessés trouveront un hôtel.

» Après les ouvriers, il songe aux ouvrières ;
Car les enfants du peuple ont leurs sœurs et leurs mères ;
Et pour elles bientôt, dans un but spécial,
Il fonde au *Vésinet* l'Asile impérial.

. . . .

» Mais le nouvel Empire aura bien d'autres gloires :
Ses siéges, ses hauts faits, ses exploits, ses victoires !
Il leur consacrera de larges boulevards
Qui se prolongeront jusques à ses remparts ;
Et le *Paris nouveau* dont, sous ses nouveaux maîtres,
L'enceinte embrassera plus de cent kilomètres,
Unissant sa splendeur à son immensité,
Sera de l'univers la première cité. »

Fontaine des Innocents.

XI

LES FAUX RÉPUBLICAINS ET LES VRAIS AMIS DU PEUPLE

« Bien des ambitieux, soi-disant patriotes,
Prônent la liberté, qui seraient des despotes,
S'ils tenaient le pouvoir. Les vrais républicains,
Certes, ne sont pas ces détracteurs mesquins,
Ces tribuns déhontés qui vont de rue en rue
Au-devant de l'émeute où la plèbe se rue.

» Ce ne sont point non plus ces frondeurs insensés
Qu'un salutaire frein a toujours offensés ;
Sauvages loups de mer, qui pensent qu'un navire
Est toujours bien à flot du moment qu'il chavire ;
Novateurs sans raison, sans principe et sans foi,
Éternels ennemis de l'ordre et de la loi ;
Audacieux rêveurs réglant les droits de l'homme
Sur la seule vertu du ventre qui consomme ;
Marchands d'orviétan pour qui le prix du sol
Et la propriété sont la fraude et le vol !

» Ce sont bien moins encor ces orgueilleux fétiches,
Prétentieux rimeurs, vrais bourreaux d'hémistiches,
Laissant tout équilibre en toute liberté ;

Restaurateurs savants de la société,
Qui du *chanvre vengeur*, dans les cités en cendre,
Font le seul nœud gordien du glaive d'Alexandre,
Et vont dans leurs écrits d'éclairs resplendissants
Barricader la rime et mitrailler le sens !

» Enfin, ce ne sont pas ces piliers de taverne,
Politiques *brasseurs* que la bière gouverne,
Qui voudraient devenir secrétaires d'État
Sous Silène premier, leur digne potentat !
Rire, boire et fumer, voilà leur république,
Reine d'estaminet qui plaint la loi salique !

» Non, non, s'ils gouvernaient, ces patriotes-là
Seraient de faux Brutus ou des Caligula.

» Les vrais amis du peuple et de la multitude,
Ce sont les souverains dont la sollicitude,
Préparant le travail pour les longs jours d'hiver,
Sur les besoins du pauvre ont l'œil toujours ouvert.

» Ce sont ces gouverneurs, ces ministres modèles,
Du vaisseau de l'État marins sûrs et fidèles ;
Pilotes du devoir, d'autant mieux inspirés
Qu'ils sont à la lueur du grand phare éclairés.

» Ce sont ces généraux dont les vertus guerrières
Éclatent dans nos murs comme sur nos frontières ;
Qui, fiers de leurs drapeaux qu'ils n'ont jamais trahis,
Lorsque l'heure a sonné, meurent pour leur pays.

» Bons patriotes sont ceux qui, dans leur patrie,
Travaillent pour sa gloire ou pour son industrie :
Tels sont, sans imposture et sans illusion,
Les vrais amis du Peuple et de la Nation.

XII

INFLUENCE POLITIQUE DE LA FRANCE — LE PALAIS DE L'INDUSTRIE — L'ÉCOLE MILITAIRE
LA LÉGION D'HONNEUR — LE PALAIS LÉGISLATIF — L'OBÉLISQUE DE LOUQSOR — L'ÉLYSÉE

» La nation française a repris l'influence
Dont elle jouissait naguère sous mes lois,
Et sa diplomatie est d'un immense poids
    Dans l'européenne balance
Qui règle les destins des peuples et des rois.

» Quand leurs ambassadeurs, après une victoire,
Pour discuter la paix et signer son traité,
Ont à fixer entre eux le choix d'une cité,
De ce choix éminent Paris seul a la gloire ;
Il en reçoit le prix à l'unanimité.

. . . .

» Vois ce **PALAIS DE L'INDUSTRIE**
Où, jaloux d'adopter la France pour patrie,

PARIS NEUF

Duroni & Murer, 12, rue Vivienne.

INTÉRIEUR DU PALAIS DE L'INDUSTRIE

Tous les peuples du genre humain
Vinrent lutter entre eux en se donnant la main !

Palais de l'Industrie.

» Vois, près du Champ de Mars, l'ÉCOLE MILITAIRE,
Dans le siècle dernier monument solitaire
Qu'aux fils des guerriers morts Louis Quinze érigea,
Et que la République après lui saccagea,

Ecole militaire.

Mais que je fis, depuis, transformer en caserne ;
Car il faut que le sabre ou le Peuple gouverne :
Que celui-ci triomphe en ses vœux insensés,
Ou que l'autre sur lui soit vainqueur : choisissez.

7

» Remarque ce palais, riante bonbonnière,

Legion d'honneur.

Qui charme au quai d'Orsay les yeux du promeneur !

Palais législatif.

C'est le prince de Salm, vrai comte de Tuffière,

Peu digne champion de la valeur guerrière,
Qui le fit élever dans ses jours de bonheur !
Aurait-on jamais cru que sa gentilhommière
Abriterait, un jour, ma LÉGION D'HONNEUR !

» Vois ce PALAIS-BOURBON, chambre, club, assemblée,
Champ clos où dans Paris luttèrent tant de fois
Deux ennemis jurés : les Peuples et les Rois !
La loi même avec eux eût péri violée,
S'il n'était devenu le Parthénon des lois.

» Vois, à droite, au milieu des Naïades humides,
  Cet OBÉLISQUE DE LOUQSOR,
Et ses lettres sans nom hiéroglyphes d'or,
Qui *contemplaient* [1] au Nil mes vieux des Pyramides,
Et vinrent à Paris les contempler encor !...

Obélisque de Louqsor.

L'Arc de l'Étoile aura pour satellite
Cet astre d'Orient, précieux monolithe

1. Allusion à ces paroles mémorables que Bonaparte prononça devant l'armée d'Égypte, en présence des Pyramides : « Soldats! songez que du haut de ces monuments quarante siècles vous contemplent. »

Qui naguère, à grands frais, vint traverser les mers
Pour couronner Paris reine de l'univers!

» Vois l'ÉLYSÉE enfin, ce palais d'outre-tombe,

Palais de l'Élysée.

Cet hôtel Pompadour que ma sœur habita,
Où va ressusciter le héros qui succombe...
Où l'Empire en secret se réhabilita!...

. . . .

» C'est au milieu de ces augustes pierres
    Que désormais je veux couler mes nuits;
Et de mes yeux éteints ranimant les paupières,
Leurs sacrés souvenirs charmeront mes ennuis. »

DEUXIÈME PARTIE

LES ÉTABLISSEMENTS ET LES INSTITUTIONS

I

LE MONT - DE - PIÉTÉ — SES INCONVÉNIENTS ET SES ABUS

« J'en reviens à mes toits ; c'est aujourd'hui ma troupe.
Ce peuple de maisons qui sous mes yeux se groupe,
Renferme dans ses murs des mystères charmants
Qui feraient le sujet de curieux romans.
Mais, avant d'aborder les demeures privées,
Il nous faut parcourir les sphères élevées ;
L'ordre hiérarchique, après les monuments,
Veut qu'on cède le pas aux établissements.

« Ce que tu vas ouïr, quoique très-orthodoxe,
Sera, par quelques-uns, taxé de paradoxe.
Certes, j'admire en eux un système arrêté,
Qui témoigne en faveur de leur naïveté ;
Mais je ne m'en plains pas : je sais ce qu'on s'attire
Avec l'aveu sincère et la juste satire.

Quel que soit le crédit de certains préjugés,
Mes plans et mes leçons ne seront point changés.
Dans tous mes jugements, *la vérité quand même*,
Sera de mon drapeau la devise suprême :
Les préceptes hardis, novateurs et tranchants,
Offusquèrent toujours les sots ou les méchants.
Je saurai donc braver de vains éclats de bombe
Qui n'étoufferont point mes brûlots d'outre-tombe.
La paix comme la guerre a ses assauts d'honneur ;
Et si mon trait mordant ne détruit pas l'erreur,
Cette mite attachée au monde et qui l'infecte,
Trop heureux que ma lampe occupe un jour l'insecte
Et rouvre enfin ses yeux à l'éclaircissement,
Je fermerai l'oreille à son bourdonnement.

. . . .

» Tiens, regarde au sud-est cette masse enfumée
Qui porte mon drapeau. Là, sous clef renfermée,
Par la faim mise en gage, en vertu d'un contrat,
La défroque du pauvre est soumise au rachat.
Du vieillard qui languit, de l'ouvrier qui sue,
L'incessant cauchemar, l'éternelle sangsue,
Sous le règne absolu de la nécessité,
C'est l'institution du MONT-DE-PIÉTÉ :
C'est lui qui les dépouille et qui les déshabille.
La veuve, l'orphelin, le père de famille
Sont, grâce à son appui, sans vêtements l'hiver,
Et leurs vieux matelas sont rongés par le ver.

» Vous, qui que vous soyez, dont la sollicitude,

Pour arracher le peuple à son inquiétude,
Un jour imagina cet établissement,
N'avez-vous pas frémi devant son règlement?
Neuf pour cent et les frais du commissionnaire[1]!
Quel taux exorbitant! C'est un prêt usuraire.
Qui le subit? le pauvre!... Ah! que ses bienfaiteurs
Ne soient pas des traitants et des agioteurs!...

» Accablé sous le poids de vos munificences,
Qui font monter le coût de ses *reconnaissances*,
Avec les intérêts, plus haut que leurs valeurs;
Après avoir passé par toutes les couleurs,
— Jaune, bleu, rouge et vert, arc-en-ciel de misère, —
Savouré de son miel la triple couche amère,
Et racheté dix fois son gage, il est vendu :
Argent, nippes, bijoux et temps, tout est perdu!

» Il est allé vingt fois, poursuivi par la crainte,
Sonder du *grand bureau* le sombre labyrinthe.
Il entre. — Dans la cour, à gauche, escalier B,
Salle numéro quatre, au second! — Bien tombé!
Sire concierge, absent pour la raison de vivre,
Avait mis à son poste un vieux crocheteur ivre,

---

1. Dix nouveaux bureaux auxiliaires ont été établis, depuis peu, dans les principaux quartiers de Paris. C'est un grand pas vers le bien désirable, puisqu'il tend à réduire de trois pour cent au moins le taux exorbitant de l'intérêt, qui se trouvait aggravé d'autant par les frais du commissionnaire. Mais il reste encore beaucoup à faire. Une chose certaine, c'est que l'Empereur ne se lassera et ne s'arrêtera pas sur la voie d'améliorations dans laquelle il est si heureusement entré pour la gloire du pays et le bonheur du peuple.

(NOTE DE L'ÉDITEUR.)

Qui s'est trompé de chiffre et de lettre... ô destin !
C'est trop tard : tout est clos jusqu'à demain matin.
Heureux, cent fois heureux, si quelque courbature
N'ajoute encore au poids de sa mésaventure.
Oui, tout est bien perdu ; mais tout n'est pas fini,
Car il lui reste encore à toucher *le boni!*
Boni, dernier objet de ses douleurs intimes,
Qui va lui rapporter dix ou quinze centimes !...

» Oh ! le beau protecteur qu'en vous il a trouvé !
— J'aime mieux un franc juif ! — Après s'être privé
De tous ses vêtements, s'il donne enfin sa couche
Pour satisfaire encore aux besoins de sa bouche ;
Lorsque tous ses bijoux, son linge et ses outils
Sont dans vos magasins pêle-mêle engloutis,
Que lui reste-t-il ? rien : pas même l'espérance ;
Car chez vous il a dû, pour calmer sa souffrance,
Jusqu'au délai fatal qui vint les lui ravir,
Payer leur pension pour ne plus s'en servir !...
C'est affreux, et les vendre eût été préférable !...
Ah ! croyez-moi, comblez ce gouffre misérable,
Ce repaire légal, ce recel breveté
Où tout, jusques au nom, blessé l'humanité.

» Le puissant protecteur de la classe ouvrière,
L'État, plus dignement, de toute autre manière,
De l'honnête indigent peut être le soutien ;
Nous allons tout à l'heure indiquer ce moyen. »

II

« Consacrons un chapitre aux comptoirs d'assurance,
Devenus trop nombreux par trop de tolérance,
Mais que, si je régnais encore, assurément
Je ferais garantir par mon gouvernement.
Citons les principaux, qui sont : *la Générale,*
L'Union, le Phénix et *la Nationale,*
La France, le Soleil, la Mutualité,
L'Aigle, la Paternelle, et *la Sécurité.*
L'Aigle, vers *le Soleil* a fui; *l'Impériale*
Naguère a remplacé l'impossible *Royale,*
Et, bien plus impossible encor, *la Liberté.*

» Chacun de ces comptoirs hardiment vous assure
Contre tout accident, contre toute blessure;
Chacun d'eux devant l'homme est un garde, un sapeur
Qui le sauve de tout, excepté de la peur.

» Heureux humains, tels sont vos hardis satellites.
Contre le feu du ciel, les procès, les faillites,
La grêle, le naufrage et le tirage au sort;
L'un d'eux même est ouvert au profit de la mort.

8

Ce lugubre comptoir vous assure une tombe!
La prime en est acquise au gagnant qui succombe!
Il peut dormir en paix en attendant le jour
Qui doit porter ses os au ténébreux séjour.
L'Autre Monde est le nom de cette Compagnie,
Qui sans doute est le fait d'un homme de génie;
Mais, après ce comptoir, je n'en puis citer qu'un
Dont le titre s'accorde avec le sens commun :
C'est *le Phénix*, oiseau connu par ces mots tendres,
Fantastiques et fiers : « Je renais de mes cendres! »

. . . .

Le Phénix

» En passant, rue Helder, chacun peut lire encor
Ces mots sur une enseigne écrits en lettres d'or :
Compagnie!...Assurance!...à primes! SOLEIL! (FIXE!!!)
Sur le char de Phébus... attiré par son ixe,
Dont les brûlants rayons éblouissent vos yeux,
Aux regards éclatants de l'astre radieux,
Vous demandez à quoi l'assureur remédie :
Est-ce aux fléaux d'hiver? non, c'est à l'incendie!

» Si ces Sociétés ont toutes réussi,
C'est que l'homme est bien fou ! Pour moi, j'avais aussi,
Dans mes moments perdus, rêvé *mon assurance* :
Je voulais assurer, non contre l'ignorance,
Les trahisons, la haine ou les cœurs inconstants
(J'aurais trop exposé l'or de mes commettants);
Mais contre le chômage, écueil de la misère,
Mon établissement eût eu nom *Bélizaire*.
Ce comptoir mutuel, *mendiant glorieux*,
Eût été dirigé sous ma main, sous les yeux
De mon gouvernement, sous les hauts patronages
Des plus riches maisons, des plus grands personnages,
Dont l'or et le crédit l'auraient alimenté,
Au grand profit de l'ordre et de l'humanité.

» Des bureaux de secours, fourneaux alimentaires
Ayant tous les Français pour co-sociétaires,
Et par mille canaux circulant dans Paris
Pour y distribuer les vivres à bas prix,
Auraient semé partout la joie et l'abondance;
Le vieux rentier lui-même, admirant ma prudence,
Se fût humanisé devant un peuple uni :
La France eût été forte, et tous m'auraient béni.
Mais les rivalités, les luttes incessantes
Qu'entre elles se livraient des sectes menaçantes,
La guerre et les partis enfin, m'ont empêché
De donner au pays *la vie à bon marché*.

III

» Que votre humanité s'étende sur les bêtes !
Héros du jockey-club, laissez là vos conquêtes,
N'invitez point le peuple à ces steeples rivaux
Qui tendent à briser les jambes des chevaux.

Laissez aux miladys ces sveltes haridelles
Qui, dans leurs beaux haras, sont des coursiers modèles.
Que la toison des prés fauchés pour les nourrir
Serve à les engraisser, non à les amaigrir.

» Bornez tout votre orgueil à ces gras attelages
Qui font l'honneur des champs, le trésor des villages;
Et que, grâce à vos soins, le lit d'un étalon
Soit dans une écurie et non dans un salon.

» Quand j'étais général, mon cheval de bataille
Entrait dans les cités sans craindre une muraille;
Pour atteindre mon but, je n'avais pas besoin
De la franchir d'un saut; je la voyais de loin;
Je la montrais du doigt : et ma cavalerie,
Sans s'abattre, au galop, traversait la prairie.

J'aimai toujours beaucoup cet adage flamand :
.Dans tout ce que tu fais hâte-toi lentement!

Napoléon Iᵉʳ et son état-major.

» Voyez ce bon fermier qui vient de la campagne,
Voiturant à Paris sa gaillarde compagne,
Dans une cariole en guise de *milord.*
A ce fort voyageur il faut un cheval fort,
Dont un simple harnais rehausse l'encolure.
Pourvu que l'animal conserve son allure,
Qu'importe que son poil soit plus ou moins luisant?
Qu'il soit gris-pommelé, noir, bai-brun, alezan?
On ne court point après sa généalogie :
S'il est obéissant, s'il a de l'énergie,
Il est toujours de race ; et le charme est complet
S'il redresse l'oreille au claquement du fouet.

Tout beau coursier, issu d'illustres père et mère,
Doit partager leur gloire ou leur fortune amère.
Son poulain, gros et gras, n'est point, comme *Saltor*,
Descendant de *Miss Bill* et de *Gladiator*;
Mais il est pour son maître une utile machine
Qui travaille, obéit et jamais ne s'échine.

» Eh que résulte-t-il de ce zèle empressé
Que vous montrez pour plaire à ce peuple insensé?
Que vous en revient-il quand, pour l'orgueil des maîtres,
Les jockeys ont franchi deux mille cinq cents mètres?
En dévorant l'espace à ce galop d'enfer,
Arrivent-ils plus tôt que le chemin de fer?
Les deux cents jetons d'or qu'on touche à la barrière
Rachètent-ils le sang versé dans la carrière?

Course de chevaux

O gloire! après l'épreuve, homme et bête, essoufflés,
Reviennent tout en nage et les genoux enflés!
Celui-ci, vaillamment, pour honorer la fête,
Est tombé sur la haie et s'est fendu la tête;
Celui-là, plus heureux, dans le même embarras,
Franchit la palissade et se casse le bras.

Allez à Chantilly, dans le bois de Boulogne,
Aux Marches et partout, c'est comme en Catalogne :
Vous trouvez près du but des membres déchirés,
Des habits teints de sang, des corps défigurés.

» Connaissez-vous *Phébus*, pur-sang de la *Grande Ourse?*
Ceux qui ne l'ont pas vu dans sa dernière course
Ne se figurent pas le mal qu'il s'est donné :
Il n'a pas eu le prix, mais il est *couronné!*

. . . .

. . . .

» Eh bien, ces grands paris et ces luttes atroces
Ne sont que jeux d'enfants auprès des jeux féroces
Que les fiers Castillans, insensibles héros,
Ont appelé *ferrade* ou *course de taureaux.*

Combat de taureaux.

Ce jeu national de la noble Ibérie
Est un duel à mort : c'est une boucherie.

» Quel objet flotte en l'air? c'est un homme éventré
Par l'ennemi cornu qu'il avait enferré.
Il retombe sans vie, applaudi par la foule,
Qui bat toujours des mains alors que le sang coule;
Et, dans ce beau moment, l'heureux corrégidor
S'écrie avec orgueil : *Bravo, toréador!*

» Là-bas, pourquoi ces cris et ces flots de poussière?
Un taureau furieux a franchi la barrière;
On ne peut l'arrêter : l'animal triomphant
Va du sein d'une mère arracher son enfant,
Et court de toutes parts ensanglanter l'arène.
Le trouble est à son comble; on se heurte, on s'entraîne.
L'amphithéâtre ému frémit sous ses piliers :
La foule se débat parmi les fusiliers.
C'est un sauve-qui-peut où chacun s'évertue;
Mais, pour fuir le danger, on s'étouffe, on se tue;
Et le fier *matador*, honteux de ses bravos,
Est lui-même écrasé sous les pieds des chevaux.

» Oh! le charmant bouquet! quelle admirable fête!
Pour les cœurs castillans quelle heureuse conquête!
Ne les en plaignez point; pour ce grand peuple-là,
La gloire, le plaisir, le bonheur... les voilà!

» Voilà les Espagnols... Mais leurs jeux, en Provence,
De l'aride Camargue ont fait la redevance.
Sur ces sauvages bords, d'intrépides *piqueurs*
Vont chasser le taureau sur leurs coursiers vainqueurs.

Tout glorieux, dit-on, de leur sanglante scène,
Ils voudraient l'exploiter sur les bords de la Seine,
Et dans le Champ de Mars... mais ces jeux à Paris
Brilleraient d'autant moins qu'ils seraient mal compris.

» Ah! si des animaux vous cultivez les races,
Des peuples nos voisins ne suivez point les traces;
Ne vous exercez pas dans ces absurdes chocs :
Ne vous livrez pas même à des combats de coqs.
Dieu ne les créa point à ces fins détestables .
Il les fit pour orner vos fermes ou vos tables.
Élevez vos poussins, vos bœufs et vos coursiers;
Mais ne les vouez point à ces tournois grossiers,
A ces jeux, qui, sans fruit, inhumains, sanguinaires,
Endurcissent le cœur et font des Lacenaires. »

IV

LE FAUBOURG SAINT-GERMAIN. — LE PALAIS DU LUXEMBOURG. — LE MARÉCHAL NEY. —
LALLEMANT, BERTON, LA BÉDOYÈRE.

« Dois-je tourner les yeux vers le noble faubourg,
Consacré tout entier à la Diplomatie?
Là s'élève, au milieu de l'Aristocratie,
Le palais qui prit nom PALAIS DU LUXEMBOURG.

» O tristes souvenirs! ô rigueur insensée!...
Ce malheureux palais rappelle à ma pensée

Palais du Luxembourg.

Le procès trop fameux, le trop prompt jugement
Où, forcés de subir l'empire du moment,
Vingt ans de loyauté, de vertu, de vaillance,
Malgré le cri public, contre un seul mot : *vengeance!*
Devant cent nobles pairs luttèrent vainement.

» Ainsi la haute cour, exerçant la justice,
D'un illustre guerrier prononça le supplice;
Et de la Moscowa l'intrépide vainqueur,
Aux balles de la loi découvrant sa poitrine,
Dit à ses grenadiers, bourreaux par discipline :
Courage, mes amis! visez là! droit au cœur!

Ainsi finit ses jours Ney, *le brave des braves*.
Ce martyr de l'honneur commit deux fautes graves :

Le maréchal Ney.

Il fit du dévoûment une infidélité,
Et devint criminel par générosité...
Tels furent Lallemand, Berton, La Bédoyère [1],

1. Ch. Huchet de La Bédoyère fut fusillé le 15 août 1815, âgé de vingt-neuf
ans; Berton et cinq de ses coaccusés furent condamnés à mort et exécutés le
5 octobre 1822. Ils moururent l'un et l'autre avec une fermeté digne d'un meilleur sort. Mais Lallemand, condamné à mort par contumace, passa en Angleterre et de là en Amérique, où il essaya de fonder un établissement au Texas,
sous la dénomination de *Champ d'asile*. Il termina sa carrière, en 1823, dans une
province des États-Unis.

Fiers et trop purs rayons de l'étoile guerrière,
Dont l'auguste auréole et l'éclat radieux
Semblaient avec mon nom s'être éteints dans les cieux !... »

. . . .

V

« Mais les mêmes abus, les mêmes circonstances
Qui dans vos hautes cours dictèrent ces sentences,
Se reproduisent-ils devant vos tribunaux ?...
Consultez leurs arrêts, feuilletez les journaux,
Fouillez vos bulletins, compulsez vos annales,
Et vous découvrirez les trames infernales
Que l'or et le crédit des coupables puissants
Savent si bien ourdir contre les innocents.

» Que le bras de Thémis les déchire ou les torde,
Par la roue ou le feu, par le fer ou la corde,
Supplices inhumains pour le meurtre inventés,
Il n'y lavera point ces monstruosités
Qu'on colore du nom d'*erreurs judiciaires*,
Quiproquo désastreux, méprises sanguinaires
Abrités sous la loi, si prompte à torturer,

Et que la loi s'applique à ne point réparer [1].
Rappelez-vous Lesurque et Calas, de deux crimes
Et de deux jugements innocentes victimes :
L'erreur, en traits sanglants, éclate au plus grand jour ;
Mais les faits sont trop clairs ; qu'ils le soient sans retour !

» Les condamnés sont morts, grâce au réquisitoire,
Et les arrêts menteurs dont gémit leur mémoire,
Pesant de tout leur poids, restent toujours pendants
Sur leur tombe plaintive et sur leurs descendants !

. . . .

. . . .

» Vous peindra-t-on jamais l'universel murmure
Et l'indignation qu'excite en vos cités
La loi qui dès longtemps régit la procédure ?
Le malheureux plaideur est pris de tous côtés :
Un long réseau de frais qu'on lui tend sans mesure

---

1. Allusion à l'article 443 du Code d'instruction criminelle qui, *en cas d'erreur judiciaire*, admet le droit de révision, mais *seulement en cas de vie.*

Calas, négociant de la ville de Toulouse, et Lesurque, de Douai, furent victimes de ces tristes erreurs. Le premier périt sur l'échafaud dans sa ville natale, en 1762, et le second en 1794 : celui-ci avait été condamné à mort par le tribunal de Paris.

Baffet et Louarn, deux autres récentes victimes d'une de ces mêmes erreurs, sont morts au bagne, et la cour d'assises du Finistère, qui les avait condamnés en 1851, invoqua les termes de la loi pour refuser la divulgation judiciaire de leur innocence clairement reconnue, puisque les véritables coupables venaient d'être condamnés à leur tour.

En 1808, en 1821, en 1822, en 1826 et en 1851, les diverses assemblées législatives qui se sont succédé, ont tour à tour vainement réclamé contre cette funeste lacune de la loi.

L'entraîne en des sentiers obscurs et tortueux,
Dont il ne peut sortir sans un désordre affreux.

» Vois-tu ce beau palais d'où fondent sur sa tête
Exploits et surexploits, enquête et surenquête?
Ils conduiront bientôt le Normand le plus fin
Dans les sombres détours d'un dédale sans fin.

Palais de Justice.

Là son esprit s'égare et ses forces s'épuisent...
Que ferait-il d'un gain que les dépens réduisent,
Absorbent?... Sur ses pas il revient consterné :
Il a maudit la loi; mais il est ruiné.

» On dit qu'un bras puissant va changer ce système :
Je l'en applaudirais, car le mal est extrême.

Ce que nul n'aurait fait, l'Empereur le fera ;
L'abus à réformer, il le réformera.

» Dans tous vos tribunaux, c'est la même méthode :
Rien que des magistrats à cheval sur le Code.

.   .   .   .
.   .   .   .
.   .   .   .
.   .   .   .

Auprès de quelques-uns le droit ne suffit point :
J'en sais plus qu'on ne peut en dire sur ce point.

.   .   .   .
.   .   .   .
.   .   .   .
.   .   .   .

» Certes, tous ne sont pas des juges infidèles ;
Mais si l'on trouve encor des magistrats modèles
D'impartialité, j'en sais qui, par malheur,
Sur l'intérêt d'autrui savent régler le leur.
Plus d'une fois Thémis, cette déesse austère,
Laissa choir son bandeau dans l'ombre du mystère ;
Et sa juste balance avec ses poids légaux
Devint un trébuchet aux bassins inégaux :
Je puis prouver le fait et l'affirmer sans crainte.

» Sous mon règne, un bourgeois, certain jour, porta plainte
Au parquet général contre un juge de paix

Dont il avait été victime. Un voile épais
Entourait, disait-il, cette affaire importante
Qui, s'il la révélait, tromperait toute attente.
Je dus mander alors, seul dans mon cabinet,
Ce malheureux plaideur pour qu'il s'expliquât net.

« — Ah ! sire, me dit-il, la faveur qui m'est faite
» Par Votre Majesté, lui vaut une conquête.
» Je viens lui dénoncer un prévaricateur,
» Un magistrat du peuple, infidèle et menteur.
» Il s'agit de confondre un de ces misérables
» De qui la bouche impure et les arrêts coupables
» D'un sacré ministère ont dégradé l'emploi,
» Compromis la justice et profané la loi.

» A lui je m'étais plaint d'un guet-apens barbare.
» Poursuivi pour ce fait et traduit à sa barre,
» Le coupable, à mes yeux, venait d'être acquitté,
» Lorsque mon défenseur, de dépit transporté,
» Me désignant du doigt son indigne adversaire ·
» — Voulez-vous triompher ici dans chaque affaire ?
» Me dit-il ; voilà l'homme, et le plus sûr appui
» Que vous puissiez trouver : je vous ai, contre lui,
» Perdu, malgré vos droits, votre meilleure cause ;
» Par lui, vous gagnerez les pires, et pour cause !
» — Pourriez-vous m'expliquer…?— Le juge est son ami.
» — Quand cet avocat plaide, il demeure endormi !
» Il ne l'écoute point ! — Je le sais ; mais qu'importe,
» Si sur tous ses rivaux c'est lui seul qui l'emporte ?

PARIS NEUF

Duroni & Murer. 12, rue Vivienne.

PALAIS DE LA BOURSE

» L'amour... du magistrat est tout dans ses succès !
» — Quel mystère ! — Il lui fait gagner tous ses procès.
» — Vraiment? — Que voulez-vous? c'est hideux! c'est infâme ;
» Mais c'est ainsi. — Pourquoi? — C'est l'amant de sa femme,
» Et d'un lâche adultère il paye ainsi le prix !!...

» O justes! redoutez la justice à Paris !... »

» Le fait est peu connu, mais il est vrai. Cet homme
Reçut son châtiment ; faut-il que je le nomme?
Non, non, car il n'est plus : les sujets du trépas,
Cachés sous leurs linceuls, ne se découvrent pas.
Le lâche a cependant signé ma déchéance...
Voilà bien les partis !... C'était une vengeance
Contre l'œil de l'État qu'on avait dessillé.
Juge, il vécut ; soldat, on l'aurait fusillé !... »

VI

L'INSTITUT. — L'ACADÉMIE FRANÇAISE. — LA SCIENCE DE L'OR.

« Au faubourg Saint-Germain sont tous les ministères,
Les écoles, les cours et les saints monastères.
C'est le faubourg latin, c'est le faubourg béni :
Que Dieu lui fasse paix! car lui seul m'a banni.

» Là siége l'INSTITUT, là gisent endormies
Des Lettres et des Arts les cinq Académies!

L'Institut.

Oui ; mais, me dira-t-on, l'artiste, l'écrivain,
Le savant, à Paris, que font ils? — Ils ont faim!...

» Nobles, puissants seigneurs et rentiers, ces grands hommes
Sur quarante fauteuils vont faire d'heureux sommes
Et des rêves charmants. Ils sont toujours sans voix
Quand la langue a besoin d'un avis salutaire ;
Mais, s'ils sont appelés à prononcer leur choix
Au scrutin des concours, ils font valoir leurs droits.
Devenus plus actifs dans l'ombre du mystère,
Les plus discrets d'entr'eux ont cessé de se taire ;
Car ils ont des amis dont, zélés protecteurs,
Ils font des lauréats... et... des littérateurs!

» Puis il les font nommer : l'un, bibliothécaire;
Ce savant... de madame était l'apothicaire!
L'autre, conservateur... ils ont voulu lancer
L'écuyer de leur fille ou son maître à danser!
Un troisième devient directeur de théâtre,
Car il brûle à la muse un encens... idolâtre,
Et veut sous son appui protéger le talent' :
De tous leurs épiciers, c'est le plus opulent.

» Enfin, dans tous leurs choix montrant leur ignorance,
Ils n'ont fait qu'aux écus donner la préférence,
Et prouver qu'à Paris, chaque jour plus encor,
Les Lettres et les Arts sont les vassaux de l'or. »

. . . .

VII

LES PRISONS. — LES BAGNES. — DISTINCTION A ÉTABLIR ENTRE LES DÉTENUS. — LES ABUS
DE L'EMPRISONNEMENT POUR DETTES. — LES PRISONS CELLULAIRES.

« Les fiers législateurs, dans leurs obscures gloses,
Font rarement la part des hommes et des choses.
La justice, à leur gré, dans les mêmes cachots,
Devrait, comme soumis aux mêmes tribunaux,
Mêler les meurtriers avec les duellistes,
Et les dévaliseurs avec les journalistes!

Un époux dont le bras, vengeant son déshonneur,
Frappa d'un coup mortel l'infâme suborneur
Qui vint porter la honte au sein de sa famille,
Est mis au même rang et sous la même grille
Que l'insigne voleur ou l'assassin juré!

Le Détenu.

L'écrivain politique, un instant égaré
Par l'esprit de parti, mais qui, nouveau Latude,
Ne s'est pas fait du crime une affreuse habitude,
Est par la même chaîne au malfaiteur uni,
Doublement malheureux et doublement puni!

» La raison qui classa les délits par séries
Doit établir entre eux plusieurs catégories :
Il faut divers cachots aux divers détenus
Dont les mêmes forfaits ont des degrés connus.

» Pour les vils criminels, comme pour les sauvages,
Il est d'affreux déserts et de lointains rivages.
Vous pour qui le présent n'est jamais sans regrets,
Vous qui pressez du temps la marche et le progrès,
Méditez longuement cette grave matière :
Que devient le forçat dans l'affreuse carrière
Qu'on ouvre au fond d'un bagne à ses sanglants retours,
Ainsi jugés d'avance et prévus par les cours?
Tigre démuselé, s'il a rompu sa chaîne,
Il s'abreuve de sang ; et, s'il subit sa peine,
Son expiration, terme de son repos,
Est la carrière ouverte à ses forfaits nouveaux.
C'est ainsi que l'État, c'est ainsi que la France,
Nourrissant d'un bandit la coupable espérance,
Au lieu de le frapper d'un éternel rebut,
A ses honteux larcins ont payé leur tribut.
Libre, à recommencer sa main est toujours prête :
Poignard de Damoclès, suspendu sur la tête
De ses concitoyens dont il devient l'effroi,
Le forçat libéré, surveillé par la loi,
Sous cette surveillance ou plus ou moins active,
Répond au châtiment par une récidive.

» Faudrait-il de son ban rester à la merci?
Non, non, le malfaiteur, dans le crime endurci,

Qui compte sur la fin des peines temporaires
Pour reprendre le cours de ses vols téméraires,
Imp'acable ennemi de la société,
Loin d'elle, à tout jamais, doit être *déporté!*

. . . .

» De toutes vos prisons, l'une des plus sujettes
Aux abus, c'est Clichy, c'est la prison pour dettes,
Mélange incestueux de honte et de douleurs,
De débauche et d'ennui, de chansons et de pleurs.
La captivité nuit plus qu'elle ne répare.
La *contrainte par corps* est une loi barbare
Qui n'abrita jamais, dans sa sévérité,
Que l'usure opulente ou l'immoralité.

» Quelques agioteurs, choqués de ce langage,
Vont jeter les hauts cris : « Eh quoi! notre seul gage
» Contre l'ingratitude et la mauvaise foi !
» Diront-ils; il faudrait protéger sous la loi
» Celui qui foule aux pieds le droit, la confiance !
» Et l'homme sans honneur, dans son insouciance,
» Au grand jour, à l'instar du brigand espagnol,
» Pourrait impunément spéculer sur le vol ! »

» Spéculer contre vous ! lui ! lui, votre victime !
C'est vous qui contre lui spéculez sur le crime !
Il pâlit, tremble et fuit quand il voit s'approcher
Celui qu'un jugement met en droit d'arracher
L'époux à son épouse et le père à sa fille,
Double, affreux désespoir d'une pauvre famille.

» A la faveur d'un seing, en vertu d'un aval,
Je trouve un sûr moyen d'éloigner mon rival,
Qui subit dans les fers sa triste ignominie
Pour laisser au forfait sa marge indéfinie ;
Et quelques mois plus tard, payant son déshonneur,
Moi, banquier téméraire et lâche suborneur,
Sans pitié, sans remords osant lever la tête,
Quand tout est consommé, je cours, après la fête,
Dans les estaminets, sous l'égide des lois,
Proclamer mon triomphe et mes honteux exploits !...

» Voilà Clichy, l'enfant de Sainte-Pélagie ;
C'est le code et la loi, c'est le crime et l'orgie !
Où n'ont rien pu changer trois révolutions
Faites pour réformer vos constitutions.

. . . .

» Que puis-je dire ici des prisons cellulaires,
Mode que l'art du mal dans toutes ses colères
Naguère imagina pour dompter les mutins,
Mais dont l'esprit ne tend qu'à faire des crétins ;
Système absurde, affreux, dont toute la finesse
Est d'extirper le vice en dégradant l'espèce ?
Jadis, nos bons aïeux, plus humains dans leurs mœurs,
Pour mieux les corriger, tuaient leurs malfaiteurs.
Qu'est-ce qu'une existence à la honte asservie ?...
Vous, vous leur arrachez cent fois plus que la vie ;
Vous les exécutez bien plus cruellement :
Ils sont dans vos cachots tués *moralement*.

. . . .

» On reviendra, je crois, sur ces chapitres graves :
Les chaînes, les verrous sont souvent des entraves
Pour les lois, la justice et les gouvernements.
Les fers, les échafauds, l'abus des châtiments
Sont des béliers hideux qui brisent les empires :
Il faut très-sobrement user des moyens pires...
Avis à mes neveux ; mais sortons des prisons.

» Quand j'étais empereur, les portes des maisons
Par la clef de Fouché m'étaient toutes ouvertes ;
Et, grâce à cette clef, j'ai fait des découvertes
Dont, si jamais, un jour, là-bas je redescends,
Je veux faire un recueil des plus intéressants. »

.   .   .   .

.   .   .   .

VIII

LA PRESSE. — LES JOURNAUX POLITIQUES DE PARIS. — LE RÉDACTEUR MARCHAND
DE LIGNES. — LES FERMIERS DE PUBLICITÉ.

« La Presse et les Journaux sont un grand nid de pies,
Voulant toujours copier et manquant de copies.
Un livre curieux devrait être entrepris :
Faites donc imprimer *la Presse de Paris*...

Son histoire, ses mœurs, ses abus, ses mystères!
Ce serait là vraiment un livre d'un grand prix,
Doublement précieux par ses beaux *caractères*,
Et par ses longs détails du plus haut intérêt :
Je puis vous en parler, j'en ai le plan tout prêt.

» Allez-vous aux Salons? aimez-vous la critique
Des Sciences, des Arts et de la Politique?
Lisez-vous les arrêts des Cours et Tribunaux?
Voulez-vous des faits vrais? laissez là les journaux.

» Au gré de tous les vents ces feuilles ondoyantes,
En dépit des hivers toujours si verdoyantes,
Mais dont l'ombre incertaine abrite vos maisons;
Qui les fait, sans jaunir, traverser les saisons,
Affronter les frimas, résister à l'orage?
Qui les fait vivre enfin? La quatrième page!
Leurs *faits-divers* vendus!... C'est ainsi qu'à Paris,
Grâce à son tarif seul, tout journal a son prix.

» Votre presse ressemble à la fille perdue :
Elle veut être libre alors qu'elle est vendue.
Des juifs monopoleurs, des traitants, des fermiers,
Une bourse à la main, sont venus les premiers
La lier par un bail; et, grâce à cette ferme
Qui dans un cercle étroit l'emprisonne et l'enferme,
Ils ont fait un valet du maître le plus vain,
Un écrivain public d'un habile écrivain.

. . . .
. . . .

11

« — Monsieur le Rédacteur... salut! J'ai fait un livre!
» C'est un tout nouveau-né; voyez... faites-le vivre,
» Et que ce cher enfant prospère en votre sein.
» Vous êtes de l'esprit le meilleur médecin,
» L'arbitre du bon goût, l'hôte de la pensée...
» Les arts trouvent en vous... — Confiance insensée,
» Mon pauvre ami! Chez moi je pose et ne suis rien
» Qu'un simple débitant, le caniche gardien,
» Le responsable auteur de l'entrepôt de lettres
» Dont un homme d'argent est l'âme et le soutien,
» Mais dont quelques fermiers sont les chefs et les maîtres.
» Je juge à tant la ligne, à la toise, à forfait...
» Qu'exigez-vous de moi? Votre article est-il fait?
» Quel prix y mettrez-vous? Combien de centimètres
» Voulez-vous de ce zèle à la mode du jour,
» Qu'on appelle à Paris patriotique amour?
» Je dispense à prix fixe ou l'éloge ou le blâme :
» C'est cinq francs dans *les faits*, et trois dans *la réclame*.
» Dans le terrain commun, trente sous seulement...
» Regardez, choisissez votre compartiment,
» Votre cube-carré, votre rang, votre place :
» Déterminez le jour et désignez l'espace,
» Vous aurez du crédit : demandez; je suis là.
» Les courtiers font signer des traités pour cela ;
» Mais je ne puis régler cette affaire en personne :
» Il faut *un lignomètre*... et d'ailleurs... l'heure sonne.
» On m'attend au conseil... ne me retenez pas...
» Voyez monsieur Bigot... Voyez monsieur Havas,
» Pourvoyeur général de politique à l'aune,
» Qui vend la renommée en chapitre, en colonne.

» Et fournit du roman neuf ou d'occasion ;
» Il traite sur commande, à la commission...
» Je vous quitte... au revoir !... »

       Fidèle mandataire,
Ainsi·vous a parlé monsieur le secrétaire.
A ce langage étrange, à ce thème odieux,
Vous restez interdit, vous ouvrez de grands yeux,
Une bouche ébaubie, une incrédule oreille...

— « Ah ! je vois à quel prix les auteurs font merveille,
» Dites-vous ; c'est fâcheux, car ma bourse est à sec,
» Et me permettrait peu d'être un habile Grec.
» Je n'entrerai donc point à l'Institut !... Qu'importe !...
» S'il n'est que la clef d'or qui s'en ouvre la porte,
» Si le mérite seul rampe et meurt inconnu,
» Je cède, sans regret, la gloire au parvenu. »

IX

L'IMPRIMERIE — LES BEAUX-ARTS. — LA MUSIQUE. — LES SOCIÉTÉS PHILHARMONIQUES
ET ORPHÉONIQUES. — LES CONCERTS MONSTRES.

« La Presse est un flambeau, pourtant. L'Imprimerie
Est l'œil des nations ; grâce à son industrie,
Qui, comme le soleil, darde partout ses traits,

La lumière s'étend, favorable au progrès
Des Sciences, des Arts et de l'Agriculture.

Presse mécanique

Nobles enfants, rivaux de leur mère Nature,
Qui se sont partagé le monde en mille parts,
Les Beaux-Arts sont unis ; mais de tous les Beaux-Arts
Celui qui sert le mieux l'intérêt politique
Et le plus fraternel de tous, c'est la Musique.
C'est l'accent mutuel, l'alphabet général,
La chaîne et l'union du physique au moral.
Sudre vous a prouvé qu'on pourrait faire d'elle
Une voix sympathique, un truchement fidèle ;
Et le savant Kastner, dans plus d'une leçon,
Vous a développé les mystères du son.
Ces deux musiciens doivent leur renommée,
Leurs inspirations, leur génie à l'armée.

» Mais la guerre, aujourd'hui, n'est qu'un brouillard épais :
Même après la victoire il faut aimer la paix.

Poëtes et chanteurs, c'est à cette déesse
Qu'il convient de brûler tout l'encens de Lutèce.
Et c'est en son honneur qu'après un *Te Deum*
Eugène Delaporte a fondé l'Orphéon.

» Dans l'intérêt de l'ordre et des vertus morales,
Les clubs se sont partout transformés en *chorales*.
Le son de la trompette et le bruit du tambour
Se taisent aux accents du cœur et de l'amour.
Voyez ces concertants, tous rangés en bataille,
Exposant au soleil leur cuivre et leur mitraille !...
Pour mesurer leurs jeux dans un terrain commun,
Ils s'assemblent à Blois, à Compiègne, à Melun;
Dans les parcs des châteaux, résidences royales,
Où l'on ne brise plus des lances déloyales,
L'harmonie à grands flots y coule au lieu de sang ;
Au sein de la mêlée elle monte et descend.
Dans ces assauts joyeux, dans ces charmantes luttes,
Les sabres sont des cors, les fusils sont des flûtes,
Les canons des saxhorns ou des trombotonnars.
Si leurs chocs dans l'arène ont laissé des traînards,
Le champagne et le punch, sous leurs douces cadences,
Viennent fort à propos sauver les discordances.

» Mais ce ne sont pas seuls les joueurs d'instruments
Qui s'unissent en corps de plusieurs régiments ;
Les chœurs parisiens, pour sortir de l'ornière,
Ont voulu procéder de la même manière.
Deux mille exécutants, sous un seul général,
Font entendre un *tutti* symphonique et choral.

Là, ce n'est plus alors ni l'art ni le génie
Qui dirigent le son, c'est la cacophonie ;
C'est un je ne sais quoi d'horriblement outré
Qui ne prouva jamais qu'une chose, à mon gré :
C'est que dans ces tournois les forces numériques
N'ont que des résultats trompeurs et chimériques ;
Que des musiciens, sans fruit aventureux,
Ont fait du *concert monstre* un concert monstrueux,
Et qu'en matière d'art, la route la plus belle
Est toujours la plus simple et la plus naturelle [1].

» J'ai vu, de mes yeux vu, par sa fougue emporté
Dans les sentiers bourbeux de l'excentricité,
Le maréchal du bruit, du fracas, du tapage,
L'illustre Zoliber, au milieu d'une page,
Heurtant du pied le sol, son bâton à la main,
Avec tous ses soldats s'arrêter en chemin.

» Le malheureux ! c'était sa guerre de Russie,
(Campagne bien conçue et fort mal réussie,

---

1. Depuis que ce chapitre a été écrit, un grand festival, dirigé par M. Delaporte et dans lequel les principales Sociétés chorales de la France s'étaient
donné rendez-vous au *Palais de l'Industrie*, a pu réunir jusqu'à six mille chanteurs. Il faut avouer que ce festival qui, du reste, fait une bien rare exception
parmi les concerts de ce genre, est un éclatant démenti contre tout ce que la
critique a pu dire précédemment, à juste raison, sur certains essais monstrueux.
Ce triomphe complet, que nous nous plaisons à constater ici, démontre évidemment jusqu'où peut aller le progrès, lorsqu'il est soutenu par la foi persévérante
d'un homme de cœur et de talent.
Ajoutons qu'un succès du même genre s'est révélé à Londres, plus récemment
encore, les 24 et 30 juin 1860.
                                                    NOTE DE L'AUTEUR.)

Où l'on a contre soi, pour faire un Waterloo,
Tous les éléments : l'air, le feu, la terre et l'eau...)
Grâce à l'empiètement du cuivre sur la corde,
L'harmonie, à sa voix, s'est changée en discorde.
Chassée avec éclat du royaume des airs,
La douce chanterelle a fui dans les enfers.
C'est de la décadence, et ce pas rétrograde
Du goût qui se corrompt, de l'art qui se dégrade,
Cet horrible fracas des bugles et des cors...
C'est le cri du sauvage et ses hourras discords.

» Dans les Arts, comme ailleurs, les écarts sont à craindre :
Qui veut trop embrasser risque de mal étreindre ;
Si l'astre lumineux par qui seul nous voyons,
Lui-même ne peut pas étendre ses rayons
Au delà de son centre à sa circonférence,
Être faible, chétif, borné, plein d'ignorance,
L'homme peut moins encor s'écarter du milieu
De son cercle, tracé par le compas de Dieu.

» Ah ! sans la trahison qui perdit la patrie,
L'Empire eût, sous mes lois, changé de batterie ;
Et le monde aurait vu le vainqueur des Césars
Transplanter ses lauriers dans le champ des Beaux-Arts »

X

« Bientôt, du *G re sol* passant à la grammaire,
J'eusse fixé les lois de l'École primaire.
Moi, qui m'étais surpris rêvant la liberté,
L'émancipation de l'Université,
J'aurais fait, en vertu d'une loi spéciale,
Rétablir les pouvoirs de l'École normale. »

. . . .

Distribution des prix.

« — Sous vos leçons, monsieur, mes fils n'ont rien appris.
» — De quoi vous plaignez-vous? n'ont-ils pas eu des prix?

» — Vous en donnez à tous ! Nul n'a droit de se plaindre.
» On voit très-bien le but que vous voulez atteindre.
» Vous aimez les enfants : c'est votre revenu ;
» Votre beau dévoûment pour... eux est bien connu !
» — L'esprit de ma maison... — N'est que l'esprit du lucre,
» Et vous pesez vos soins au poids des pains de sucre.
» J'ai dû noter cela pour mon instruction
» Et celle de mes fils à mettre en pension. »

. . . .

« Ce colloque frappant me rappelle une histoire
Que vous aurez peut-être un peu de peine à croire,
Mais dont tous les détails, par malheur trop certains,
Sont marqués d'un point noir au livre des destins :
A leur occasion j'instituai les bourses.

» Un de mes retraités qui, pour toutes ressources,
Avait sa pension, était le seul soutien
D'un fils dont il voulait faire un bon citoyen,
Prêt à donner son sang au salut de l'Empire ;
Mais tout soldat bien né doit au moins savoir lire.
Confiant, il alla trouver un précepteur,
Un vrai maître d'école, habile instituteur,
Qui faisait aux enfants chanter *musa, la muse ;*
Et comme il faut toujours que jeunesse s'amuse,
Quand sa petite troupe arrivait aux moments
De ses joyeux ébats, il lisait des romans !...

» Tout prospérait alors : l'habile pédagogue
Avait à sa maison su donner de la vogue.

12

Il l'avait érigée en *institution*,
Qui fêtait au mois d'août sa distribution.

» Il aimait le gala par goût et par doctrine ;
Aussi célébrait-il la *Sainte-Catherine*,
Où sa griffe arrachait aux petits commensaux
Les plus jolis bonbons et les meilleurs morceaux.

» Notre pauvre officier ne pouvait satisfaire
Un tel *répétiteur :* il eût eu bien à faire !
Objet de sa tendresse et de tous ses plaisirs,
Son jeune enfant, d'ailleurs, absorbait ses loisirs.
Il ne comprenait point un rhéteur au teint blême,
Qui faisait de la table un tribunal suprême
Et de la bonne chère une divinité.

« -- Je viens, monsieur, dit-il, à votre autorité
» Confier le dépôt que m'a fait la nature .
» Vous voyez tout l'espoir de ma progéniture ;
» C'est là mon fils unique et mon unique bien ;
» Soyez son second père et son ange gardien !...
» Je suis peu fortuné, monsieur, mais je suis père ;
» J'ai surtout de l'honneur, et pourrai, je l'espère,
» Reconnaître vos soins, sinon royalement,
» Du moins en bon Français et très-loyalement.
» -- C'est bien, monsieur, c'est bien !... — Sur vous je me repose,
» — *Que votre volonté soit faite* en toute chose ! »

. . . .

« Quatre ou cinq mois à peine avaient pu s'écouler...

Mon brave chaque jour venait se consoler,
Près de son fils chéri, de l'absence cruelle
Qu'imposait la syntaxe à l'amour paternelle.

» Un jour... ce cœur de père eut un pressentiment :
Le Ciel lui présageait un triste événement.
La pension Duflot vers les bords de la Seine
Avait porté ses pas : une lugubre scène
Venait de se passer dans son gouffre assassin :
Un enfant de douze ans périssait dans son sein...

» Toute âme bien trempée est toujours bien pourvue
De ce sixième sens, *don de seconde vue*,
Dont l'éclair électrique est d'un prochain malheur,
Comme ceux de la foudre, un signe précurseur.
Son flambeau surhumain rendait son œil lucide...
Il était arrivé vers le fleuve homicide ;
Mais trop tard sur ses bords son amour l'envoyait...
Son fils n'existait plus... Pendant qu'il se noyait,
Son maître, au fond d'un bois, lisait *la Salamandre !*...

» Il avait appris là l'événement affreux...
Le père, qui tremblait lui-même de l'apprendre,
L'aborde : — Qu'as-tu fait de mon fils, malheureux ?
» Rends-le-moi ! lui dit-il... — Je ne puis vous le rendre,
» Mais voilà ses souliers, sa toque et ses habits...
» Restent deux derniers mois, vous savez... c'est... *cent dix*.
» Aux parents du défunt, lorsqu'un enfant se tue,
» La dépouille est au moins ce que l'on restitue :

» Ces objets sont sacrés; prenez-les : seulement,
» Je garde le couvert comme nantissement. »

. . . .

» Quelle horreur !... Malgré moi, ce souvenir m'amène
Au plus profond dégoût pour la nature humaine.
Heureusement, ces traits sont des exceptions :
Chassons loin de nos yeux leurs ombres importunes...
Il est de ces douleurs et de ces infortunes
Qui n'ont point, ici-bas, de consolations.

Le retraité.

» Mon pauvre retraité, dont la triste aventure,
Qui venait de rouvrir sa dernière blessure,

L'avait ainsi brisé dans tous ses avenirs,
Dut partager son cœur entre deux souvenirs :
L'un doux et radieux, l'autre lugubre et sombre.
Les enfants du quartier chez lui venaient en nombre ;
Il les faisait entrer dans son petit jardin,
Étalait à leurs yeux, de sa tremblante main,
Son *Petit Caporal*, racontait ses batailles,
Ses revers, son exil, sa mort, ses funérailles ;
Puis, changeant de sujet, par un fâcheux retour
Qui ramenait son âme à son plus triste jour :
« Adieu ! leur disait-il ; si vous avez un père,
» N'allez pas, chers enfants, nager à la rivière... »
Et, sombre, l'œil en pleurs, vacillant, indécis,
Il les baisait au front en leur disant : *Mon fils !*

. . . .
. . . .
. . . .

XI

L'ÉCOLE DE DROIT ET L'ÉCOLE DE MÉDECINE. — LE JARDIN DES PLANTES. — L'ORAISON
DOMINICALE DE L'ÉTUDIANT. — INFLUENCE DE LA LORETTE.

« Certes, l'adolescence est un scabreux passage
Pour l'homme : de la vie elle est l'apprentissage.
Chez lui les passions vont bientôt s'éveiller,
Et c'est en ce moment qu'il faut le surveiller.

Suivons-le lorsqu'encor jeune fils de famille,
Il sort de son foyer comme un soleil qui brille
Ou pâlit tour à tour, mais dont l'éclat s'éteint
Quand les nuits de l'orgie ont défleuri son teint.
Indiquons-lui du doigt la route qu'il faut prendre,
Loin des piéges trompeurs que l'on voudrait lui tendre.

.   .   .   .

» Vois le quartier Latin ; la mauvaise herbe y croît :
Là poussent LA CLINIQUE et l'*École de Droit ;*

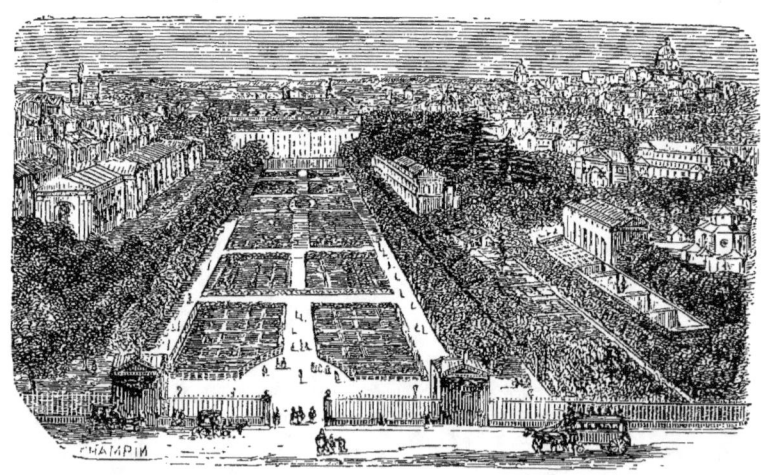

Le Jardin des Plantes

Là sont l'*Observatoire* et le JARDIN DES PLANTES,
Ce bel Eden des ours, des *bonnes* et des fleurs,

Trois choses à Paris plus ou moins consolantes,
Mais qu'on ne peut toucher qu'avec des mains tremblantes ;
Vois ces étudiants, courtisans ou docteurs
En herbe, y promener leurs grâces indolentes
    Entre les simples et les cœurs !

. . . .
. . . .

L'Ecole de Médecine

» Aurait-on jamais cru que le héros d'Arcole
Viendrait, un jour, fronder les abus de l'École ?
Tel est pourtant mon sort ; — le dernier des métiers
Est celui de frondeur... — Agriculteurs, rentiers,
Artisans, et vous tous, riches de la province,
Qui voulez à vos fils donner des airs de prince,
Et qui, fort peu jaloux de faire un bon soldat
D'un jeune et beau garçon propre à servir l'État,

L'envoyez à Paris, cette grande officine
De docteurs brevetés en droit ou médecine ;
En attendant l'honneur qui peut en revenir,
Redoutez les dangers d'un si bel avenir !

» Un jeune élève, ainsi lancé loin de sa sphère,
N'aura pas respiré six mois cette atmosphère
De vice, de débauche et de perversité,
Qu'il sera tout couvert de son impureté.

» Que cet ange déchu qu'une maman regrette,
Etudiant le droit aux pieds d'une *lorette*,
Vous expose en ces mots ses vœux et ses douleurs,
Peints sur beau papier rose inondé de ses pleurs :

« Cher père tout-puissant dont le siége est à Brives,
» Sur un mandat à vue il faut que tu m'arrives.
» Donne-nous aujourd'hui le pain quotidien
» Qui de mes faibles ans doit être le soutien !
» Prouve-moi que tu sais pardonner une offense :
» Un jeune bachelier, pressé par *la licence*,
» N'est délivré du mal qu'après son examen ! »

» A sa voix, tendre écho, vous répondrez : *Amen !*

» Avec un bon billet sur la banque de France.
Vous viendrez d'un cher fils adoucir la souffrance
Par vingt-cinq pièces d'or, dont le pouvoir vainqueur
Rétablira la joie et l'amour dans son cœur.

PARIS NEUF

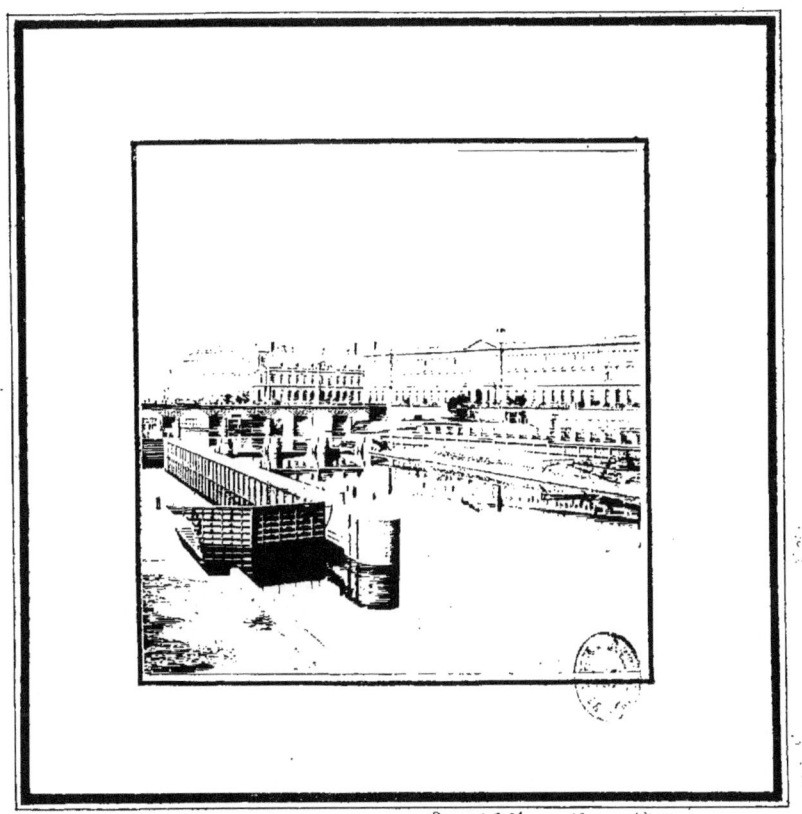

Duront & Murer, 12, rue Vivienne.

ECLUSE DE LA MONNAIE SUR LA SEINE

» Cet or peut acheter à Lise une parure,
Hommage insuffisant que suit une rupture ;
Et l'amant, éconduit du toit qui le charma,
Va fumer tristement son dernier *panama.*

» Mais de nouveaux besoins imposés par la mode
Rapprochent les... amours ; Plutus les raccommode ;
Un père est toujours père, et son beau dévoùment
Va sceller de son or ce raccommodement.
Par un second mandat il faut qu'il intervienne ;
Ce second, à son tour, est suivi d'un' troisième ;
Et puis encore, et puis... Le cœur d'un père est grand
Selon son portefeuille... et comme, au demeurant,
Un amour paternel, c'est-à-dire une bourse,
Un coffre, ne sont point l'intarissable source ;
Comme tout, ici-bas, s'use ou se lasse enfin,
Le triste dénoûment arrive... heureuse fin,
Qui seule a pu briser des nœuds illégitimes,
Et qui vient resserrer des liens plus intimes,
Plus saints, plus solennels, fondés sur la raison,
L'honneur et la vertu, trésors de la maison.
Devant un tel bonheur, Lise n'a plus de charmes ;
Mais, en eût-elle encor... contre un fils... deux gendarmes,
Le jour de l'an, beau jour échu pour pardonner,
Font d'un dernier mandat un *mandat d'amener.*

. . . . »

13

XII

INSCRIPTION LACONIQUE D'UNE MAISONNETTE. — SOUVENIRS DE SAINTE-HÉLÈNE.

« L'esclavage est pesant selon qui vous l'impose ;
Tel sujet y gémit, tel autre s'y repose.
L'oubli, l'isolement, la retraite et la paix,
Qui sur les trahisons jettent un voile épais,
Sont doux au malheureux que la terre abandonne :
Un cachot n'a d'affreux que le sens qu'on lui donne.

» Certain jour, en chassant près de Fontainebleau,
J'aperçus un réduit dont voici le tableau :
Ce séjour du bonheur, asile solitaire,
N'était qu'une prison, mais prison volontaire.
Deux jeunes cœurs, unis par la main des amours,
Dans ce réduit obscur coulaient gaîment leurs jours.
Des poules, des oiseaux, un perroquet sans grilles,
Distrayaient l'heureux couple. Entouré de charmilles,
Un toit couvert de lierre, ombragé de tilleuls,
L'abritait. Sur sa porte on lisait ces mots : Seuls !

» Cette courte apostrophe aux passants adressée,
Me sembla renfermer une grande pensée ;
Et, quelque temps après, la fortune m'apprit
Qu'elle me reviendrait fort souvent à l'esprit.

. . . .

» Le jour où, pour jamais perdant toute espérance,
Il me fallut, hélas ! renoncer à la France,
Si, loin de faire alors un criminel de moi,
Les Anglais m'avaient dit : *Vaincu, retire-toi !*
Ta veine est épuisée, et tu n'es plus à craindre !...

Adieu !

A ces mots, convaincu, désarmé sans me plaindre,
Brisé dans ma carrière, à l'exil condamné,
Je me fusse, à l'instant, moi-même emprisonné.

» Mais voir dans un désert sa dignité bannie ;
Mais entendre un geôlier à face rembrunie,
Vous dire à tout instant : *Sous ma clef, dans ce coin,*
Tu finiras tes jours, et n'iras pas plus loin!
Voir la main qui vous mit tout vivant sur la claie
Tourner et retourner le fer dans votre plaie !

Tour à tour retenu, poussé par son bourreau,
Descendre lentement les degrés du tombeau !
Et ce cruel affront dont votre âme est flétrie,
L'endurer sans espoir de revoir sa patrie,
Et ceux qui pourraient seuls calmer votre douleur !
Voilà le prisonnier et voilà le malheur !...

» Tel fut pourtant mon sort : la couronne d'épine,
Du pacificateur de la guerre intestine
Ensanglanta le front ; et, pour ses meurtriers,
Sa palme et son cyprès devinrent des lauriers !...
Ainsi je fus frappé par la noble Angleterre ;
Mon bras réparateur voulait purger la terre
D'un pays pour l'or seul libre et civilisé :
Je n'ai pu le réduire, il m'a martyrisé.

» En Egypte, en Russie, en Autriche, en Espagne,
Je n'eus jamais qu'un but, et la Grande-Bretagne
Fut la fatalité de mon ambition.

. . . .
. . . .

» Cauteleuse, hypocrite, ingrate nation,
De la gloire française implacable ennemie,
Qui pourra, devant Dieu, te laver d'infamie ?
Qui vengera jamais ta haine et mon trépas ?
Seul ici je le sais... et ne le dirai pas !...

. . . .
. . . .

TROISIÈME PARTIE

LES MAISONS

—

I

LA LITTÉRATURE ET LES MAÇONS

« Esclaves de la gloire et de la renommée,
Nés pour mourir de rage ou vivre de fumée,
Jeunes auteurs, qu'un jour un beau rêve a surpris
S'adressant ces vains mots : *Ma place est à Paris !*
Étouffez dans vos cœurs cette flamme indiscrète
Qui trahit un cerveau de peintre et de poëte ;
Redoutez ce parti follement solennel
Qui vous fait déserter le foyer paternel !
Dans les grandes cités souvent la vie est dure,
Et le plaisir trompeur. Conservez la verdure,
La liberté, la paix, les silences touchants,
Le ciel bleu, la fraîcheur et l'air pur de vos champs.

» Tout accès de folie en son ardeur recèle
De la saine raison quelque faible étincelle ;

Qu'elle allume à vos yeux la sincère clarté
Du flambeau dessillant de la réalité !
Si quelque main d'ami, vous tirant en arrière,
N'arrête point vos pas lancés dans la carrière
Pour l'heureux avenir, objet de votre amour,
Tout espoir de salut est perdu sans retour.
Mais, hélas !... une mère elle-même, une mère,
Par ses larmes n'a pu vaincre votre chimère !...
Dieu, parents et patrie, âme et cœur, corps et bien,
Rien n'a pu vous fléchir : vous n'écoutez plus rien.
Ombre toujours fuyante et toujours poursuivie,
Une seule pensée absorbe votre vie :
La gloire, encor la gloire, et puis la gloire encor !. .
Allez lui prodiguer votre encens... car votre or...
Vous n'êtes déjà plus qu'un rêveur cacochyme,
Qu'un piocheur insensé qui se creuse un abîme,
Qu'un vain nécessiteux, par la terre maudit,
A qui tous les marchands ont fermé leur crédit.

» Et maintenant... rongez la misère importune ;
Vous avez dissipé la modeste fortune
Qu'un père avait acquise au prix de ses sueurs :
Votre or a vu briller ses dernières lueurs.
Vous l'avez échangé, triste métamorphose,
Contre un stérile album de rimes ou de prose,
Qui dans les magasins d'un libraire parqué
Tomba de leurs rayons dans les boîtes du quai.
Là brillent au grand jour vos pompeuses préfaces,
Vos hommages secrets, vos tendres dédicaces,

Qui vont, par les passants à vil prix achetés,
Instruire le public de vos intimités.

. . . .

. . . .

» Et puis... dans ces assauts dont le but est la gloire;
Un risque alternatif s'attaque à la victoire :
Vous êtes ruiné si vous n'avancez pas,
Et vous êtes perdu si vous doublez le pas.
Qu'un succès, par hasard, tombe sur votre tête;
C'est la tuile : bientôt va gronder la tempête;
Et vers le terme heureux de vos vœux décevants
Vous arrivez au faîte, en butte à tous les vents!...

» Plierez-vous sous le poids d'une telle conquête?
Non, votre guérison n'est pas encor complète;
Et vous irez bientôt, par ce leurre emporté,
Solliciter en vain l'honneur d'être édité.
Barba, Dentu, Lévy, Garnier... belles pratiques!
Vous allez, en un jour, visiter vingt boutiques :
Vous battez le pavé dans tout sens, sur tout point;
Vous trouvez des marchands, mais des éditeurs, point.
Les libraires connus sont comme les notaires,
Ils ne sont point banquiers, ils sont dépositaires!
Pauvres livres! chez eux, ces précieux dépôts
Sont comme autant de morts dans le champ du repos!...
Offrez donc un poëme à ces gens de ressource;
Ils vous demanderont *trois feuilles sur la Bourse!*
Parlez-leur : gloire, honneur, patrie et liberté;
Ils vous répondront : *Pape et légitimité!..*

» Voilà pourtant le sort des vers et de la prose :
Naître et mourir ! telle est d'ailleurs de toute chose
L'irrévocable fin... Ah ! d'un monde ainsi fait
Ne plaignons que la cause et subissons l'effet ;
Cherchons ailleurs les fruits dont la terre est pourvue...

.   .   .   .

Un jour de beau soleil, grâce à ma longue-vue,
Je pus apercevoir, vers le quartier d'Antin,
Des ouvriers prenant leur repas du matin.
Ils étaient gais, joyeux, francs conteurs, vifs, alertes :
— Dans un chantier l'on rit, toutes portes ouvertes. —
Rire, après le travail, ce rude et premier soin,
En France, est plus qu'un droit, c'est un sacré besoin.

» Sur leurs gros blocs assis, ces blancs tailleurs de pierre,
Escortés d'une miche et d'un cruchon de bière,
— Car le vin en bouteille est clair chez l'épicier,
Tenaient sur leurs genoux des carrés de papier :
C'est leur vaisselle plate ; et sur cette vaisselle,
Où l'esprit de Paris en points noirs étincelle,
Chacun d'eux pouvait lire et juger tour à tour
Le glorieux destin des chefs-d'œuvre du jour.

« — Honneur à mon assiette et gloire aux gens de plume !
» Dit Paul ; grâce au feuillet où ma pipe s'allume,
» Et qu'un méchant libraire osa mettre à l'écart,
» Je lis des traits mordants : *Guêpes d'Alphonse Karr !*
» — Moi, dit Pierre, j'ai mieux : des vers de Lamartine
» Protègent mon hachis garni de gélatine !...

» — Scribe !... Ses vifs couplets, taillés en capuchons,
» Ont servi d'enveloppe à quatre cornichons !..
» —Tiens ! Dumas !... *Oh ! c'te boule !* [1]—Un portrait !—C'est lui-même.
» — Il a donc conservé son crépu diadème !
» —On dit que le noiraud n'est pas blanc aujourd'hui !...
» — Oh ! le docteur Véron ! c'est bien lui ! »

. . . .

                    » — C'est bien lui
Fis-je comme un écho sur la cime lointaine.
Ce lettré-là, du moins, n'épuisa point sa veine
A raturer du *cloche* et noircir du *jésus ;*
C'est par d'autres exploits qu'il devint un crésus.
Mais ces littérateurs, qu'un besoin toujours presse,
Perroquets mal-appris de la petite presse,
Qui pêchent à la ligne aux portes d'un bazar
Et font des opéras qu'on chante à l'*Alcazar ;*
Mais ces Frérons sournois, têtes d'orgueil bouffies,
Qui donnent des pamphlets pour des biographies ;
Ces gracieux auteurs, composant avec goût
Des contes amusants qui font dormir debout.
Mais ces rimeurs boiteux, *librettistes* étiques,
Poëtes novateurs ou prosateurs gothiques ;
Ces graves écrivains, — anti-contrefacteurs
Vivant de plagiats, — membres conservateurs
De la *société* dite des *Gens de lettres,*
Qui sur les passereaux tirent de leurs fenêtres...

---

1. L'auteur a cru devoir conserver l'expression populaire dont se servit un gamin de Paris en apercevant M. Alexandre Dumas, le jour de son arrivée dans la capitale... Voyez ses propres Mémoires.

De chez leurs éditeurs, las de les héberger,
Ceux-là vont chez Bignon sans boire ni manger ;
Car, dans ce siècle d'or, souvent même un bon livre
N'est estimé qu'au poids, ne se vend qu'à la livre :
Mercure, dieu-serpent, l'aspire ; et ses lecteurs,
Ce sont les épiciers et les consommateurs.

. . . .

» Puisque tel est le sort de la littérature ;
Puisqu'elle sert d'écuelle à la vile pâture
Des esclaves de l'or, heureux et triomphants ;
Puisqu'elle laisse ainsi dévorer ses enfants,
A son triste destin livrez cette marâtre.
Le ciment de la vie, aujourd'hui, c'est le plâtre :
Lutèce démolit pour réédifier :
Soyez plutôt maçon ; c'est le meilleur métier. »

II

L'ILLUSTRATION DES LIVRES. — LES MARCHANDS D'ESTAMPES. — LA CARICATURE. — CÉLÉBRITÉS ARTISTIQUES. — L'AMOUR ET LE STÉRÉOSCOPE. — LA PRESSE A BON MARCHÉ. — LE ROMAN FEUILLETON. — JUSTIFICATION DE LA CHARGE.

« Ce qui fait le succès d'un livre, c'est l'image :
Le public ne lit point, il regarde une page ;
Et le pauvre écrivain, dans son illusion,
Appelle ce moteur son *illustration !*

Le lecteur, *né malin*, prend le mot à la lettre :
Sur la voie où l'auteur a bien voulu le mettre
Il admire et parcourt; mais il passe aussitôt,
Après que, dans sa course, il a franchi d'un saut,
Comme en chemin de fer, l'espace parcourue,
Du spectacle du livre à celui de la rue.

» Le passant, à Paris, est *badaud*, curieux,
Musard, et tout son temps, tout son temps précieux,
A défaut d'accidents causés par les voitures,
Il l'emploie au plaisir d'admirer les peintures,
Les tableaux, les portraits, les dessins, les pastels,
Interprètes muets des objets immortels.
Les nouvelles du jour, il tient à les connaître ;
Mais, pour s'en émouvoir, il aime encore mieux être
Debout devant Goupil ou devant Martinet,
Qu'assis dans un salon ou dans un cabinet.

» Sur les grands boulevards, dans quelques étalages,
Parmi les généraux et les grands personnages,
Gloires de tous les temps et de tous les pays,
Qui charment des passants les regards ébahis,
A travers les vitraux, l'œil scrupuleux démêle
Des contrastes choquants. Jetés là pêle-mêle,
Ces éloquents vélins semblent tout étonnés
De se trouver ensemble et si mal ordonnés.
On y voit à regret les lascives phalanges
Des amours se confondre avec celles des Anges ;
A côté de la Vierge, une Suzanne au bain ;
Diane chasseresse aux pieds d'un chérubin ;

Les saints martyrs mêlés aux dieux du paganisme ;
Les empereurs du Nord aux chefs du communisme ;
Une épouse adultère, avec son suborneur,
Aux chevaux de Vernet ou de Rosa Bonheur !

» Ici la liberté rend un mauvais service ;
Car, pour plaire à la vue, elle flatte le vice,
Et de honteux abus souvent en ont surgi.
Plus d'une jeune fille, en passant, a rougi
Aux gracieux contours des poses érotiques
Qu'on étale à ses yeux dans certaines boutiques.
Leur montre est pour les mœurs un spectacle blessant ;
Et l'on a vu, dit-on, plus d'un adolescent
Se pâmer de plaisir et tomber en syncope
Devant les nudités de son stéréoscope.

« — Monsieur, lui dit Jacob, prenez donc mon Hébé.
» — Combien en voulez-vous ? — Article prohibé !
» Contrebande !... vingt francs !... — Quoi ! cette statuette...
» — Pas à moins. » C'est bien cher, mais qu'importe ! il l'achette
Et va, loin des jaloux, en jouir à l'écart !
Voilà le beau profit qu'il sait tirer de l'art !...

. . . .

» Du vice maintenant passons au ridicule ;
Car devant ces tableaux tout œil sensé recule ;
Leurs détails sont trop bas et trop matériels :
De la montre voici quelques bienfaits réels.

» Le public est-il lent à marquer votre place

Dans le champ du succès? Faut-il percer la glace
Ou franchir le terrain qui l'éloigne de vous?
Recette : Ayez d'abord cinq pièces de cent sous!
Carjat peut, à ce prix, vous poser en grand homme.
A l'instar des sujets que le talent renomme,
Il tracera sur pierre une tête de nain,
Cap énorme greffé sur un corps de bambin,
Un *grotesque!* et ce monstre, ignoble portraiture,
Qui vous fait les honneurs de la caricature,
Vous donnera bientôt, dans la grande cité,
Un certain air de vogue et de célébrité!

» Mais c'est peu pour l'encens d'un public idolâtre :
Dantan, le lendemain, va vous couler en plâtre,
Vous ciseler sur bois, sur marbre ou sur mastic,
Pour peu qu'on trouve en vous quelque malheureux tic,
Quelque difformité, les yeux d'une chouette
Ou la hure d'un singe, on vous pose en *binette;*
Et Desbordes le Grand, de l'heureux sapajou
Va vous tailler sur glaise un précieux bijou.

» Que sont, auprès de lui, les trésors artistiques
De Susse et de Giroux, ou les bronzes antiques
De Denière? Que sont les marbres de Pradier,
Les dessins de Leroux ou ceux de Bettonnier?
Que prouvent d'Odiot les nobles argentures,
Les fresques de Lebrun, les splendides peintures
D'Ingres et de Scheffer, les portraits de Legray
Et les groupes vivants de Gustave Doré?

» Tout cela ne vaut pas les burlesques images,
Les *illustrations* qui remplissent les pages,
Et font depuis un an le succès du *Gaulois !*
Un jeune homme à la mode a des goûts moins bourgeois :
Il allume un cigare au phosphore chimique ;
Il fait queue au guichet de l'*Ambigu-Comique ;*
Il débrouille avec charme un stupide rébus ;
Il fête *Rigolboche* et boit, mais ne lit plus.

» Religion, beaux-arts, histoire, politique,
Intéressants tableaux du foyer domestique,
N'allez pas devant lui vous montrer au grand jour !
Son idole, son Dieu, son livre, c'est l'amour...

» Pauvre amour ! S'il ne peut subsister en nature,
Il est bien juste au moins qu'il existe en peinture ;
S'il ne figure plus dans sa réalité,
Que du moins sur la feuille il soit représenté.
Lui seul accrédita dans le sein des familles
La presse à bon marché... Les garçons et les filles
Par lui du suicide ont su se faire un jeu ;
Et c'est grâce à lui seul qu'on lit encore un peu.

» Ce siècle, doublement siècle heureux de lumière,
Par l'image et le rail est sorti de l'ornière
En supprimant d'un trait l'exercice ennuyeux
Du corps et de l'esprit, des jambes et des yeux.
Mais ce même progrès qui tranche et simplifie,
Ferait faire un grand pas à la philosophie,

A l'art, aux bonnes mœurs, au bon sens, au bon ton,
S'il supprimait aussi le roman-feuilleton.

. . . .

. . . .

» Revenons *à la charge*. Un critique au teint blême,
En me lisant, dira : « Carle Vernet lui-même,
» Ce grand peintre de mœurs, n'a-t-il pas de ses traits
» Honoré la pochade, et peint les cabarets,
» Les halles? Sa palette en fut-elle blessée? »

» O Zoïle, pardon!... loin de moi la pensée
De vouloir de la charge assombrir la gaîté
Ou cacher le bon coin de sa futilité!
On peut admirer l'art dans toutes ses parties :
Tous les genres sont bons, s'ils ont pour garanties
L'esprit et le bon goût. La plume et le pinceau
Peuvent, par accident, tomber dans un ruisseau.
Les dignes successeurs des Charlet, des Grandville,
Cham, ce hardi croqueur de la nature vile,
Et l'heureux Gavarni, le Balzac du crayon,
Au soleil de la gloire ont fourni leur rayon.
Mais vautrer son labeur; salarié complice,
Puiser à pleines mains, dans les fanges du vice,
Ses inspirations; et ces obscénités,
Les traduire sans honte en monstruosités;
Au lieu d'honorer l'art, en éteindre la flamme
Dans l'égout du mensonge, autrement dit *réclame*;
Voilà ce que j'appelle avilir son talent;
Et je veux le meurtrir d'un coup de fouet sanglant.

REVELATIONS. — HISTOIRE MYSTÉRIEUSE ET POSITION SOCIALE D'UN VICOMTE.

« Sur le Nil, au Kremlin, sous le feu des mitrailles,
Partout, mon œil perçait à travers les murailles,
Et pouvait découvrir de curieux tableaux,
Beaucoup moins importants pour moi que les complots,
Mais qui me distrayaient, il m'en souvient encore.

» Les goûts incestueux de Sodome et Gomorre,
Près de ceux de Paris, seraient des jeux d'enfants.
Notre vieux bulletin, aux exploits triomphants
Eût pu mêler des traits d'audacieux cynisme
Et de honteux écarts, dignes du paganisme.
Au nombre des meilleurs que je pourrais citer,
Il en est un piquant ; je vais le raconter.
Le héros vit encore, et ce n'est point un conte.

» Le vicomte de B... (cherchez pourquoi vicomte),
Était fils naturel d'un meunier parvenu,
Fort peu considéré, tant il était connu,
Mais riche à millions. Les gens du voisinage
Avaient vu ce penard vivre en concubinage
Avec Arsinoé, fille aux légères mœurs
Dont il avait, un jour, acheté les faveurs.

Il ne l'épousa point ; il trouva préférable
De lui faire, en mourant, un legs considérable :
Vingt hectares de terre au soleil, belle dot?
Mais, dans son testament, pour son fils, pas un mot.

» Heureux bâtard ! voici son histoire sommaire :
Quand son père fut mort, il épousa sa mère,
Pour être de son bien l'unique possesseur.
C'est ainsi qu'il devint le père de sa sœur,
Le cousin de son fils, le frère de sa fille,
De sa nièce, enfin tout : vrai monstre de famille,
Il était à lui-même, et de son propre aveu,
Son oncle, son cousin, son frère et son neveu !

» Oh! ce n'est point un fat d'une espèce ordinaire :
Passants, découvrez-vous, c'est un millionnaire ! »

IV

LES MAISONS DE PARIS. — LE THÉSAURISEUR. — AGIOTAGE, AVARICE, ÉGOÏSME. —
UTILES COMPARAISONS.

« Ah ! Dieu seul peut savoir et Dieu seul a compté
Tout ce que ces maisons cachent d'iniquité!...
Ceux qui seraient jaloux d'en savoir davantage
N'auraient pas à monter jusqu'au sixième étage.

Le vice vers le ciel ne prend point ses ébats ;
Il rayonne toujours aux centres les plus bas.
Les financiers, les juifs, les joueurs, les lorettes
Sont toujours près du sol, laissant loin sur leurs têtes
Artistes et savants ; car les gens *comme il faut*
Croiraient se rabaisser en s'élevant trop haut.
Eh bien, moi, sentinelle à la façon des bardes,
Je veux veiller d'ici sur les pauvres mansardes.
Mais que de ses maisons l'avide constructeur
Cesse de mesurer le prix sur la hauteur,
S'il ne veut voir, un jour, Sa Seigneurie altière
La mesurer d'un saut, de certaine manière
Bien moins conforme aux lois de la location
Que de la gymnastique et de l'attraction.

. . . .

. . . .

» Le moment est venu de signaler ces hommes,
Riches accapareurs, accumulant sans fin,
Entassant or sur or, et centuplant leurs sommes
En exploitant le froid, la disette et la faim.
Du rocher de leurs cœurs la soif insatiable,
C'est le gouffre des mers et l'île inabordable.
Devant son coffre-fort l'avare est un rempart
Doublant un bastion muré de toute part :
Là viennent échouer toutes les infortunes
Comme sur un écueil les vagues importunes
Se brisent à grand bruit sans que le naufragé,
Battu par la tempête, y puisse être hébergé.

» Jusqu'à ce que la mort ait de sa main livide
Changé ce coffre plein en une caisse vide,
Vous le verrez sécher et consumer ses jours
A cumuler sans cesse, à refuser toujours.

Quel délire inhumain ! quelle aveugle démence !..
Peut-être pense-t-il que le fruit de son or,
Même après le trépas, peut lui servir encor,
Et qu'il renferme en lui la divine semence
Par laquelle tout corps renaît et recommence.
S'il devait ici-bas vivre éternellement,
On comprendrait son but ou son égarement ;
Mais peut-être demain, peut-être tout à l'heure,
Ses yeux ne verront plus le malheureux qui pleure
Et qui, transi de froid, le soir, sur son chemin
L'implore vainement en lui tendant la main.

» Ah ! si l'on pouvait voir sa bouche de vampire
Dire au moins, une fois, avant qu'elle n'expire :
« Faisons, avec cet or, qui va m'abandonner,
» Une bonne action !... » Mais il faudrait donner ;
Mais il ne donne rien ; non rien ! Il faut qu'il meure,
Et qu'il aille heurter sa dernière demeure
Avec un sapin creux, d'avance tout ouvert
Aux fanges de son corps que doit ronger le ver !
Le ver ! entendez-vous ?... Ce n'est pas tout encore :
L'héritier, dernier ver, l'attaque et le dévore
Dans cet or précieux, si riant et si beau,
Qu'il n'accompagne pas les morts dans leur tombeau.

» Telle est toujours la fin, juste, mais déplorable,
De l'avare égoïste et du thésauriseur ;
Leur sort, que l'on envie, est bien plus misérable
Que le sort toujours plaint du pauvre travailleur.

» Bien à tort l'ouvrier, démocrate vengeur,
Les appellerait-il *des êtres inutiles !*
Ils sont l'or et le fer ; ils sont les projectiles
Des révolutions !... ils sont le sauf-conduit,
L'aiguillon de l'émeute et du bras qui détruit...
Car leur cupidité, leur coupable égoïsme
Du fier républicain excitent l'héroïsme,
Et donnent le prétexte à des soulèvements
Qui sont le vrai foyer des bouleversements.
Quand le sang a coulé, leurs peines sont finies ;
Mais la démagogie, avec ses tyrannies,
Règne sur un volcan !... De leurs jeûnes forcés,
De leurs soins inquiets et de leurs insomnies,
Tel est le digne fruit. Malheureux insensés !
Fermés au sentiment, leurs cœurs secs et glacés
N'ont jamais tressailli devant les jouissances
De l'amour fraternel et de ses bienfaisances.
S'ils avaient pu s'ouvrir à la compassion,
Douce et pure vertu, sublime émotion,
Sainte félicité du cœur qui se dévoue,
Ils auraient secoué leur cuirasse de boue.

» Comparez à ces blocs de matière et de chair
La sœur de charité, dont le zèle est si cher
Au malade qui souffre, au pauvre qui supplie ;

Et, déplorant alors leur triste vanité,
Vous flétrirez un peu l'inhumaine folie ;
Mais l'or ne sera plus une divinité. »

V

LE LUXE. — LES IMPOTS. — L'HOTEL DE VILLE. — L'OCTROI. — LA COTE PERSONNELLE.

« Vois, sur ces boulevards, ces brillants équipages
Et leurs nombreux valets, aussi beaux que des pages,
Jetant l'éclaboussure aux yeux des fils d'Adam !...
Qui donc imagina ce sale *Mac-Adam*
Avec sa fange impure et ses noires cascades ?
L'Empire n'a-t-il pas mis fin aux barricades ?
Ah ! qu'un prince doit être heureux, lorsqu'il a fait
Jusque dans ses impôts éclater le bienfait !
Celui qui, si hardi dans ses législatures,
Fit imposer les chiens, peut taxer les voitures.
L'étalage pompeux du luxe éblouissant
Fut toujours pour le peuple un scandale blessant.
Mais il pourrait encor devenir légitime,
S'il dégrévait, un jour, sa cote d'un centime.
Que chaque jet de boue attaquant ses habits
Trouve pour l'effacer un morceau de pain bis.

» Vois-tu ce beau palais? c'est là L'HOTEL DE VILLE,
Grande communauté militaire et civile !
C'est la maison de tous, dont tous ont fait les frais
Pour restaurer ses murs ou solder les apprêts
Des festins et des bals, deux plaisirs délectables
Pompeusement offerts au grand corps des notables !...

L'Hôtel de Ville.

Il faut de beaux danseurs pour charmer vos salons ;
Mais le pauvre y paya toujours les violons.

» Tout impôt équitable, en sa rigueur sévère,
Doit peser sur le luxe et non sur la misère.
Dans l'intérêt des lois, puissants législateurs,
Du pauvre, en vos décrets, soyez les protecteurs.

Imposer l'ouvrier, c'est peu digne et peu sage.
Plus de dîme et d'octroi, plus de droit de péage
Pour le consommateur sans fortune et sans bien !
Plus de charge à celui qui ne possède rien !
En lui faisant payer jusqu'à l'air qu'il respire,
Vous outragez la loi, l'humanité, l'Empire !...
La sueur de son front ; ses membres harassés,
Voilà sa personnelle, et... c'en est bien assez. »

.   .   .   .

VI

UN BON GOUVERNEMENT NE DOIT PAS ÊTRE EXCLUSIF DANS LA RÉPARTITION DE SES BIEN-
FAITS. — INFORTUNE D'UN PAUVRE HOMME DE LETTRES, — CHATIMENT QU'IL FAIT
SUBIR A SON PROPRIÉTAIRE, — SES ADIEUX A LA TERRE ; — SA FIN TRAGIQUE.

« Ce n'est pas seulement les classes ouvrières,
Serruriers, menuisiers, charrons, tailleurs de pierres,
Qui doivent prendre part aux bienfaits de l'État :
Tout Français travailleur, quel que soit son état,
Fût-il même écrivain, s'il est dans l'indigence,
A des droits aux faveurs de sa munificence.
Un souverain doit être impartialement
L'ami de tout son peuple ; un bon gouvernement
Est comme la maison d'un père de famille,
Où l'égalité règne, où l'ordre éclate et brille :

S'il veut être équitable, il se doit corps et biens
A tous les malheureux qui sont bons citoyens.

» Voici la triste fin d'un pauvre *homme de lettres*,
D'un malheureux poëte et vieux *compositeur*
Qui composait des vers en assemblant des lettres,
Et fut chassé pour prix de son dernier labeur.

» La misère et la faim laissent tout en litige :
Ces deux spectres hideux lui donnaient le vertige...
La raison, qui toujours tient l'homme à son niveau,
Semblait vouloir trahir son débile cerveau.
Il avait vainement, avec vive insistance,
De la pitié civile imploré l'assistance ;
Ses besoins et ses droits étaient insuffisants :
Pour entrer à l'hospice, il lui manquait... *trois ans!*...
Puis, il devait un terme à son propriétaire,
Qui l'abordant, un jour, d'un air sec et sévère :
— Vite! allons, lui dit-il, *videz*, ou... de l'argent!
— Soyez humain, je suis sans travail! — C'est urgent,
Car l'affaire de l'Inde a fait baisser la rente.
— Comment déménager, quand ma femme est mourante!
Quand je n'ai pas vingt sous pour lui faire un bouillon !...
— Au Mont-de-Piété portez ce médaillon !
Vendez ce mobilier pour payer votre terme!
Et... preste, car demain, mon huissier... » Ce ton ferme,
Froidement calculé, résolu, menaçant,
A du pauvre ouvrier bouleversé le sang ;
Il aborde sans peur cet homme inexorable :
« — Ah! tu veux de l'argent, lui dit-il, misérable !...

PARIS NEUF

Durand & Muree 12 rue Vivienne.

NOUVEAU LOUVRE

» Eh bien, je n'en ai point… mais ce poing… en voilà !
» Prends cet à-compte et sors ! car la fenêtre est là !
» *La Roche Tarpéienne est près du Capitole,*
» *Et les ondes du Styx coulent dans le Pactole !…* »

» C'est ainsi qu'on a vu certain prince arrogant
Devenir tout à coup souple et doux comme un gant.
A Campo-Formio, j'ai moi-même fait taire,
Par le même argument, un grand propriétaire.

» Mais le pauvre ouvrier n'avait pas mes soldats,
Et *la Justice*, un jour, vint lui marquer le pas.
Il sortit, affranchi de la dette courante,
Emportant dans ses bras son épouse expirante…
Cela faisait pitié… mais la compassion
Se perdit dans le bruit et la confusion…
Puis… quand, las de souffrir, le teint pâle et l'œil morne,
Cet homme eut, comme un chien, expiré sur la borne,
On le plaignit beaucoup… et le guet, en passant,
Trouva sur lui ces vers peints en lettres de sang :

« Adieu, terre ! et vous tous, adieu !… Si je me tue,
    » C'est pour ne pas mourir de faim.
» Droits de vie et de mort que rien ne constitue,
    » Justifiez ma déplorable fin !
    » Pour l'hôpital on me trouvait trop jeune !
    » Pour l'atelier on me jugeait trop vieux !
» Que faire? mendier?… Ah ! mourir vaut bien mieux !
» Puisqu'il me faut jeûner, qu'éternel soit mon jeûne…

16

» Aujourd'hui, pour toujours, je te fais mes adieux,
» Terre, et je vais tenter la justice des cieux ! »

» Telles furent la vie et la mort déplorables
D'un citoyen français... Combien de misérables,
A défaut d'un asile et privés de secours,
N'ont-ils pas, comme lui, fini leurs tristes jours !
Plus de vingt, devant moi, sans respect pour Bellone,
Se sont précipités du haut de ma colonne,
Et tout autant de fois la trace de leur sang
Devint pour la chronique *un fait intéressant.* »

VII

LA MODE. — LES MODES EN GÉNÉRAL. — LA BOURSE ET LA QUEUE SUPPLANTÉES PAR
LA TITUS — LA CRINOLINE. — MODES RIDICULES. - LA JONGLERIE DU LORGNON.

« Parlons un peu de tout. — *La mode!* — Pour les modes,
D'autant plus en crédit qu'elles sont incommodes,
J'en ai tant vu, tant vu dans leur *cercle* si grand,
Que je suis aujourd'hui devenu tolérant.

» L'hiver qui précéda nos politiques drames
Me laissa voir encor, chez quelques grandes dames,
Les *mouches*, les *chignons*, les *paniers*, les *patins*,
Les *falbalas*, la *houppe* et les *vertugadins*.

Mais la *poudre* à poudrer brilla par son absence
Quand la poudre à canon marqua sa renaissance.
Je vins fort à propos, avec mes bataillons,
Pour démêler la touffe et dompter les brouillons.

» Mon sabre de combat vint, après la conquête,
Pour leur raser la nuque et leur laver la tête.
Plus de *bourse,* et bientôt plus de *queue...* ô Brutus !
La mode avait coiffé mon front *à la Titus.*
Et le siècle en mourant marqua l'ère brillante
De cette heureuse France, où mon bras d'empereur
Venait substituer la gloire à *la Terreur.*
Mais la paix a rouvert la voix au ridicule,
Et le soldat français, qui jamais ne recule,
Sera bientôt forcé de tourner les talons
Devant la *crinoline* et les *jupo-ballons.*

» Après avoir du goût épuisé les caprices,
Qu'imposeront encor tes lois restauratrices,
Moissonneuse aux cent bras dont la faucille d'or,
En tuant ce qui vit, réveille ce qui dort ?
Esclave on t'obéit, ou reine on t'humilie,
Et tu passes gaîment de folie en folie
Pour fixer les retours que tes choix inconstants
Exhumeront demain des vieux cartons du temps.

» Qui peut prévoir les trucs qu'en secret tu combines ?
Qui t'inspira les joncs de tes *moyabambines,*
Exploitant à Paris l'isthme de Panama,
Et que la presse entière à grand bruit proclama ?

» Nous reviendrons, un jour, car ton cercle est sans bornes,
Aux *ailes de pigeon*, aux *feutres à trois cornes*,
Au castor *Charles six*, à la *calotte à becs*,
Au *chaperon* des Francs, au *couvre-chef* des Grecs,
A la toque, au bandeau, même au casque de maille ;
Mais le *moyabambin*, mais le claque de paille,
Sous la tuile ou l'ardoise, est beaucoup trop léger
Pour pouvoir mettre un crâne à l'abri du danger.

» La mode est une roue au diamètre immense,
Qui tourne, tourne encore et toujours recommence ;
Mais elle a quelquefois d'excentriques excès,
Qui, créés à Paris, meurent chez les Français.
Je voudrais ne point voir dans les murs de Lutèce
De ces énormités qui dégradent l'espèce.
Je voudrais n'y point voir la coquette beauté,
Suicide et martyr, immoler sa santé ;
Et, livrant à son corps une affreuse bataille,
Se crever l'estomac pour s'amincir la taille.

» Lise a de petits pieds, mais l'on sait, à Paris,
Ce que les mieux chaussés acquièrent à ce prix.

» Elle porte un chapeau dont la forme est nouvelle,
Mais sa tête aux frimas expose sa cervelle.

» Elle a le jupon large et garni de cerceaux,
Mais le fer dans sa cuisse est entré par morceaux ;
Puis, certain jour de bal, le feu prend à la gaze
De sa robe arrondie, en un clin d'œil l'embrase,

Et de son jeune corps fait un affreux tison
Qui va communiquer sa flamme à la maison !

. . . .

. . . .

» Lions aux cheveux d'or, têtes trop peu constantes,
Laissez aux vrais lions leurs crinières flottantes !
Laissez la grande barbe aux pauvres capucins,
Qui n'ont pas de barbiers même pour médecins !
Laissez les ongles longs, pointus, taillés en griffes,
Aux ermites suspects, aux moines apocryphes,
Fanatiques ardents, zélateurs furieux,
Qui, pour vous éclairer, vous arrachent les yeux !

» Vois ce fashionable au teint pâle, à l'œil louche,
Les rênes à la main, le cigare à la bouche,
Salir ses beaux gants blancs, et, pour donner le ton,
En guise de cocher conduire un phaéton.
En cherchant le soleil, il rencontre un nuage
Qui crève sur sa tête au milieu d'un orage,
Tandis qu'à ses côtés son groom, pacha nouveau,
Ronfle en croisant les bras, étendu comme un veau !
Quand monsieur dira-t-il au bourgeois en jaquette :
— Ote-toi donc de là, drôle, et que je m'y mette !

» Qu'un tel dandy, pour plaire, ait le stupide orgueil
De paraître en public un *monocle* dans l'œil ;
Que ce joyau, porté d'un air grave et sévère,
Soit un lorgnon postiche, un appareil sans verre,

Un jeu de passe-passe, un tour de bateleur
Que lui peut envier le plus fameux jongleur ;
Pour soumettre sa face à cette gymnastique,
Qu'il se soit, un beau jour, foulé le nerf optique...
C'est bien, je le comprends ; mais qu'à ce sot métier
Émile Girardin, Théophile Gautier,
Des savants, des penseurs, sérieux personnages,
Osent publiquement donner leurs patronages,
Assujettir leurs fronts à ce manége affreux...
Pour des cerveaux si pleins, si profonds... c'est bien creux !

» Français, voilà la mode et ses travaux d'Hercule !
Selon qu'elle est, pour lui, sensée ou ridicule,
Le sage, par raison, s'y soumet ou la fuit ;
Mais le fou, sans réserve, en esclave la suit. »

VIII

LE COMMERCE A PARIS. — LES DIVERSES PROFESSIONS QU'Y VIENNENT EXERCER LES
ÉTRANGERS. — LA MARCHANDISE A BON MARCHÉ. — PRINCIPALES MAISONS DE NOU-
VEAUTÉS ET DE CONFECTIONNEMENT. — LE CHARLATANISME DES PROSPECTUS ET DES
ENSEIGNES — LES MARCHANDS TAILLEURS EN MAGASIN.

« Ce qui parle et commande à la nature entière,
Aujourd'hui, ce n'est point l'esprit, c'est la matière.
Elle est le centre unique où vont porter leur miel
Les cent mille rayons du cercle industriel.

Quand les écus sont rois, les besoins sont esclaves :
En vain le philosophe a maudit leurs entraves,
Pour dompter la misère, avant-goût de l'enfer,
Il doit courber le front sous leur sceptre de fer.
De l'arbre nourricier le tronc c'est le commerce ;
Mais la littérature est la branche qui berce ;
Elle plie ou se rompt ; et c'est par ces motifs
Que les hommes de sens sont tous très-positifs.

» Ils viennent à Paris imposer leur science,
Capacité des doigs, première intelligence.
S'ils sont Italiens, ils s'y feront docteurs,
Cranologues, devins, prestidigitateurs.
Les Belges deviendront explorateurs de mines ;
Les Suisses, pâtissiers, horlogers ou machines,
Sous un drapeau quelconque impassibles soldats,
Toujours prêts à mourir pour remplir leurs mandats.

» Parmi les étrangers, perdus pour leur patrie,
Qui viennent à Paris porter leur industrie,
Propager leurs talents ou tripler leurs débits,
Que font les Allemands ? ils sont tailleurs d'habits ;
Et leurs ciseaux coupeurs à leurs vivants modèles
Ne rendent pas toujours des comptes très-fidèles.
Pour que ces fournisseurs ne vous dépouillent pas,
Aux *Avis importants* qui pleuvent sur vos pas
N'allez point vous livrer ; que vos yeux trop candides
Ne soient point éblouis par des dehors splendides.
Surtout, gardez-vous bien des *liquidations*,
Des *soldes*, des bas prix et des *confections*.

L'appât le plus trompeur, la glu la plus épaisse,
Sont ceux de l'imprimé dont la ligne traîtresse
Porte à son hameçon ces deux mots : *bon marché !*
Le goujon n'est amer qu'après qu'il est mâché.
Au bout de quelques mois, plus de drap : c'est la corde
Qui vous dit clairement qu'il faut que tout s'accorde ;
Et peu de jours après, vous voyez ses réseaux
S'ouvrir à tous les vents comme des nids d'oiseaux

Le distributeur.

» Place aux distributeurs ! gare sous l'avalanche
De chiffons de papiers !... grâce à l'averse blanche
Qui tombe sous vos pas, les petits débitants
Restent à la merci de quelques charlatans.

Tristes prédestinés, voués à la faillite,
Ils ont vu fuir loin d'eux tout leur public d'élite,
Dont le riche troupeau va livrer sa toison
Au ciseau colossal de la grande maison.

» *La Ville de Paris* soutient la concurrence
Des magasins du *Louvre* et des *Villes de France*,
Quoique le *Roi de Prusse* ait vu tomber les siens
Devant le *Coin de Rue* et la *Ville d'Amiens*.

» Ici, c'est *Jeanne d'Arc, la Belle Jardinière*,
La Sylphide, Fanchon, la Belle Féronnière;
Là, c'est le *Grand Colbert, Mazarin, d'Aguesseau*,
Pygmalion, Voltaire et *Jean-Jacques Rousseau*.

» Sous ses larges revers ma *Redingote grise*
D'un de ces exploiteurs protége l'entreprise.
Mon brave *Prince Eugène* est pris dans son collet;
Et *Turenne* est saisi dormant sur son boulet

» Les *Quatre Nations*... les *Armes d'Angleterre!*..
Ces mots font frissonner ma gloire militaire,
Dont l'ennemi voulut enchaîner le destin
Dans une île isolée, au pied d'un roc lointain!...

. . . .
. . . .

» Naguère on se bornait à la mythologie :
Les marchands de tissus régnaient sous l'effigie
Du *Mercure galant*, du *Tendre Cupidon*,

17

De *Mars et de Cypris*, d'*Énée* et de *Didon*.
Mais on est revenu de l'histoire païenne
Pour passer à *la Juive*, à *la Magicienne;*
Puis, du mode hébraïque au style oriental :
Au siége de Corinthe, au Palais de Cristal,
Au Prophète!... On poursuit la grande renommée;
On la saisit au vol au théâtre, à l'armée :
On devient par le nom le héros du moment,
Une pièce nouvelle, un grand événement.
Si vaine qu'elle soit, une chose à la mode
A son prix; cependant, on ne s'en accommode
Qu'autant que le public, enfant capricieux,
Ne l'a point abdiquée ou n'a pu trouver mieux;
Mais quand, par inconstance, il l'a fait disparaître,
Le beau titre usurpé, manquant de raison d'être,
Reste à son ravisseur avec sa nullité,
Sa lourde incohérence et son absurdité.

» C'est son lot; mais bientôt les choses les plus saintes
Avec leurs attributs sur les murs sont empreintes.
Là, c'est le *Bon Pasteur* et son agneau pascal,
Plus loin c'est *saint Denis*, ce chef épiscopal
Portant dans un bassin sa vénérable tête.
Tout prélat, tout martyr, cénobite ou prophète,
Saint Jean, saint Augustin, saint Joseph, saint Thomas,
Sont marchands et vendus! Que ne vendrait-on pas!
Pour attraper un niais, on se vendrait soi-même!
Bientôt vous les verrez, dans leur accès suprême,
Exploiter, par un truc sublime et solennel,
Le Saint-Esprit, la Vierge et le Père éternel!...

» Sans doute, ils vous diront qu'il ne faut rien exclure !
Or, voulez-vous savoir ce qu'il faut en conclure ?
Le voici ; — l'axiome est fort peu consolant : —
C'est que l'esprit, l'honneur, la vertu, le talent
Sont des biens précieux ; mais que la renommée,
Pour les industriels, est une haquenée
Que plus d'un histrion lestement enjamba
Au son de la trompette ou du saxo-tromba ;
Et qu'une grosse caisse, une affiche, une enseigne
Ne sont pas des hochets dont il faut qu'on se plaigne,
Mais un bruit ou des mots qu'on paie argent comptant.

» Vous serez donc toujours menés tambour battant !
Ouvrez enfin les yeux ! Ces leurres pitoyables
Ne sont que pour les sots ou pour les *pauvres diables*.
Aimez-vous vos écus ? vous avez bien raison :
Allez chez Dusautoy, tailleur de ma maison.
Bon goût, solidité, fin drap, coupe élégante...
Que peut rêver de plus la jeunesse fringante ?

» Un chroniqueur adroit, qui ne se trahit point,
Paul, à propos d'habits, lance *à brûle-pourpoint*
Ce trait assez plaisant et qui, s'il faut l'en croire,
N'est point fait à plaisir ; c'est de la pure histoire.
Humann, chacun le sait, est un tailleur fameux :
Un habit fait par lui ne devint jamais vieux.
Staub lui-même, à côté, ne fut qu'un nain, qu'un mythe,
Bon tout au plus à coudre une cape d'hermite.

« Un jour... — écoutez bien ce drame singulier, —

Un lord vient chez Humann pour se faire habiller;
Il lui faudrait un *coat*[1] d'une étoffe admirable,
Couleur de firmament... un meuble incomparable
Qui, comme l'Éternel, fût sans nul précédent :
L'œuvre était difficile; il l'obtint cependant.
Phénomène de l'art dont l'artiste s'honore,
Ce vénérable habit, aujourd'hui dure encore!
Que dis-je? il est tout neuf, quoique depuis vingt ans
Il lui faille endurer tous les affronts du temps.
Le *gentleman*, ravi d'une telle merveille,
Repassa le détroit où Calais toujours veille;
Et depuis on l'a vu, planté sur le *Pont-neuf*,
Qui disait aux passants : « Voilà mon habit neuf,
» Habit de dix-neuf ans, onze mois, trois semaines :
» C'est une œuvre d'Humann, c'est de tous mes domaines
» Celui, sans contredit, auquel je tiens le plus,
» Bien qu'il ne m'ait coûté, jadis, que cent écus. »

» Quand lui vint l'âge mûr, en mil huit cent quarante,
Il n'était déjà plus à la mode; en cinquante,
Il l'était moins encore; ainsi de jour en jour,
Sans tache et sans accroc, marchant sur le retour,
Fier comme une relique en sa coque inusée,
Il semblait demander une place au musée,
Lorsqu'un jeune gandin, portant barbe au menton,
— Dandy du *Jockey-club* et qui donnait le ton, —
Fit en voyant l'Anglais : « Vous nous la baillez belle,
» Mylord! ah! c'est donc là votre coupe nouvelle!

1. Prononcez *Cot*.

» Eh bien, soit, j'y consens : votre frac revivra ;
» Plus fraîche que jamais sa fleur reflorira,
» Car je l'ai dit. » Ainsi, vers son cinquième lustre,
N'ayant, malgré le temps, rien perdu de son lustre,
Le vieil habit d'Humann, dans toute sa beauté,
Redevint à la mode !.. il est ressuscité !...

» Et moi, mort, j'ai voulu prouver par ce chapitre
Qu'aux rives de la Seine, heureuse à plus d'un titre,
Bien des petits poissons, par l'appât alléchés,
Sont fort habilement *à la ligne* pêchés.
Qu'en dépit de Landais et de l'Académie,
Largesse quelquefois veut dire économie ;
Et que, si le plaisir trop doux devient amer,
Souvent le plus bas prix est aussi le plus cher.

IX

LES CAFÉS DE PARIS. — LES CAFÉS-CONCERTS. — LES BOUFFES PARISIENS.

« Que dire des cafés, splendides tabagies,
Bruyants estaminets, ornés de lambris d'or,
Resplendissant, le soir, de gaz ou de bougies,
Et bien tard, dans la nuit, resplendissant encor?

Dans ces cercles publics, politiques tavernes,
Les désœuvrés du jour, conteurs de balivernes,
Sur des divans moelleux, pour charmer leurs instants,
Vont boire et commenter les nouvelles du temps.
Tribunaux sans appel de la gent enfumée
Qui décide du sort et de la renommée,
Ces établissements font florès aujourd'hui,
Et le Paris moderne en est tout ébloui.

» Mais les sociétés des beaux-arts et des dames,
Douces réunions, écoles du bon goût,
Où les grands cœurs jadis allaient puiser leurs flammes,

Un salon.

Ont fermé leurs salons : le bon ton se dissout,
Et s'éteint dans des brocs de bière ou de vermouth.
Les champs-clos délicats de la galanterie
Ont fait place aux assauts de la gloutonnerie,

Aux chasses, aux galas, aux courses, aux duels,
Exercices grossiers ou plaisirs sensuels.
L'or, le vin, le tabac, ces trois viles puissances,
Du grand corps social, avec leurs jouissances,
Sont la chair et le sang : le monde est un vieillard
Dont la tête est en proie à mille maladies ;
L'orgie et le tripot, voilà ses mélodies :
Pauvre hère blasé, qui ne fait plus de l'art
Qu'avec le domino, la pipe et le billard !

» Quelques jardins publics, érigés en théâtres
Avec parterre assis, mêlant leurs chants folâtres

Un café-concert.

Aux champêtres accords d'un orchestre en plein vent,
Donnent des opéras qu'on écoute en buvant.

Ces spectacles gratis, dont la foule est amie,
Ont leurs habitués comme l'*Académie*.
Amateurs complaisants de l'art musicien,
S'ils sont *tympanisés*, c'est qu'ils le veulent bien.

» Chacun d'eux, chez Picole ou dans d'autres parages,
Sous un ciel étoilé, mais non pas sans nuages,
Peut aller réjouir tous ses sens à la fois.
La musique et le punch, ces deux plaisirs des rois,
Assaisonnés de fleurs, entourés de feuillages,
Où trône dans sa gloire un essaim de beautés,
Y déversent sur lui toutes leurs voluptés.

» Le vrai dégustateur peut, dans ces mélopées,
Savourer des boissons aux flots du ciel trempées,
Il peut, dans un concert quasi *spirituel*,
Goûtant d'un *gloria* le charme virtuel,
Applaudir un duo, véritable bataille
D'un ténor indigné contre sa basse-taille ;
Il peut, grâce au talent d'une *prima donna*
Devant qui plus d'un maître humblement s'inclina,
Aux sons de cette voix, ci-devant argentine,
A la faveur d'un grog, boire une cavatine ;
Et, comme l'harmonie est un fleuve sans fin
Dont les flots sont charmants, il peut... il peut... enfin...
Que ne pourrait-il pas? franchement, je l'ignore...
On assure qu'il peut bien des choses encore...
Car la musique au litre a pour lui tant d'appas,
Que Silène lui seul sait ce qu'il ne peut pas.

» Mais ces *cafés-concerts,* heureuse découverte,
Sont une cour d'appel dont la barre est ouverte
Aux artistes *tombés,* au chanteurs *incompris.*
Leur troupe hospitalière, à la bannière verte,
Eut encore une gloire, et qui vaut bien son prix :
Elle donna l'essor aux Bouffes de Paris.
Grâce aux tableaux gaillards de leur scène mimique,
On n'ira plus pleurer à l'*Opéra-Comique,*

Théâtre de la Gaîté.

Apprendre, à la *Gaîté,* l'histoire des décès,
Bâiller à l'*Odéon,* et dormir aux *Français.*

18

Depuis que le berceau des beaux-arts, l'Italie,
Osa vouer un culte au dieu de la folie,
Les Bouffes sont partout ; Paris aura les siens :
Comus les a nommés *Bouffes Parisiens.*
Le Français, *né malin*, qui créa la satire,
L'ami des chants joyeux, de la pointe et du trait,
A reconquis ses droits, et, lorsqu'il voudra rire,
Il n'aura plus besoin d'aller au cabaret.

» Y retournera-t-il ? je n'y mets point d'entraves :
Je vais ouvrir ses yeux sur des dangers plus graves. »

X

LES GRECS DE PARIS. — LA PÊCHE A LA LIGNE. — LA DRAGÉE DE LA PRIME. — LE PUFF.
— CHARLATANISME, MACAIRISME, ESCROQUERIE. — LES MARCHANDS ÉPICIERS. —
SOPHISTICATIONS. — LA FRAUDE, PLAIE INCURABLE.

« *Le bois le plus funeste et le moins fréquenté*
Est, au prix de Paris, un lieu de sûreté...
Ainsi disait Boileau, ce satirique sage.
Étranger, garde-toi d'oublier ce passage :
A Paris, sois toujours doux, honnête, obligeant,
Empressé, mais surtout serre bien ton argent.

Les cent portes du vol aux fripons sont ouvertes.
D'innombrables sujets de ruines, de pertes,
D'humiliations, de désenchantements
Semblent tendre la joue à vos embrassements.
Il faut, autour de soi, sans cesse ouvrir l'oreille,
Et tenir sur sa bourse un œil qui toujours veille.

Une assemblée d'actionnaires.

Mais ceux qui font ici du bien d'autrui le leur,
Ce n'est pas seulement le filou, le voleur ;
Il est des chevaliers dont la perfide adresse
Fait quelquefois bien cher payer une tendresse.
Les plus à redouter de ces êtres abjects,
Pour l'honneur des Français, nous les nommerons *Grecs*.

» Ces pirates hardis de l'Athènes moderne,
Moins fous que Diogène, ont posé leur lanterne.
Pour découvrir un niais passant sur leur chemin,
Qu'ont-ils besoin d'avoir un fanal à la main?

» Les *Grecs,* ce ne sont pas ces gueux, triste nuée
De vautours affamés, d'aliments dénuée,
Rôdant de toutes parts pour assouvir leur faim ;
Ce sont les tirailleurs de la guerre au plus fin,
Gens toujours à l'affût, dressant partout leur tente,
Leurs rets et leurs appâts, dans l'éternelle attente
De quelque volatile égaré sous les cieux.

» Tantôt ils font mouvoir et reluire à vos yeux,
Au bout d'un long fil d'or, une dragée infime,
Vrai leurre décoré du nom menteur de *prime,*
Qui semble vous donner tout trésor et tout bien,
Une montre, un couvert, des billets, tout pour rien.

. . . .

. . . .

» Tantôt, dans un journal, prenant un ton de prince,
Ils pêchent à la ligne, au cœur de la province,
Dans cet immense lac où nage la raison,
Mais où vont se baigner la limande et l'oison.
Ils leur jettent aux yeux de ces titres superbes
Qui font d'amples moissons et d'abondantes gerbes :
Ce sont *O'Méara, Paraguai, Néomar,*
Osanore, Glands doux, Philomaticomar!

» S'il s'agit des statuts de quelque compagnie,
Elle a de noms ronflants une liste garnie,
Où brillent à regret cinq ou six armateurs,
Un notaire, un banquier, trois ducs, deux sénateurs.

» Paris est plein de *Grecs* de tout rang, de tout âge ;
Ils font tous les métiers : le mime est leur partage
Ils sont ou très-fluets, pâles, maigres et secs,
Ou très-ventrus : ce sont les plus habiles *Grecs*.

» Que vous veut ce *boursier?* quel bon vent se révèle?
« — Soyez heureux, dit-il, bonne, grande nouvelle !
» Les vaisseaux de la paix sont rentrés dans le port! »
— Quel est son but? — Il vient nous offrir un *report!*

» Puis c'est un gentilhomme à l'œil creux, au teint blême,
Dont le *pourpoint* râpé fut toujours un problème,
Un descendant de Guise ou de Montmorency,
Qui veut que de son frac l'État prenne souci.
Serpent magnétiseur dont l'aspirante haleine
Va piper le gibier dans la ville, à la plaine,
Il court de porte en porte avec des airs vainqueurs,
Pour abattre une dot à la chasse des cœurs.

. . . .
. . . .

» C'est un habile escroc qui, dans certain grimoire,
Vous ouvre, à prix d'argent, le Temple de mémoire
Perle des écrivains et des littérateurs,

Il vous offre sa plume ; il faut qu'on lui confie,
Avec votre portrait, votre biographie
Pour un album charmant, mais qui n'a pour lecteurs
Que sa fille, son gendre et quatre souscripteurs !

» C'est un ex-charpentier, maçon, couvreur, fumiste,
Soi-disant architecte, ingénieur, chimiste,
Vivant, au jour le jour, d'un futur million,
Fruit d'une découverte ou d'une invention...
Il promène en tous lieux sa merveille importune,
Pour emprunter cent sous contre un coup de fortune,
Fondé sur un moteur déshéritant le fer
Et la houille au profit du domaine de l'air !

» C'est un industriel dont la main de harpie,
Se faisant un crampon de la philanthropie,
Donne je ne sais quoi qui dit *Je vous promets !*
Contre une pièce d'or qu'elle ne rend jamais.

» Ce sont des pourvoyeurs, des procureurs avides,
Qui placent des commis et font des poches vides.
Ce sont des avocats, ayant partout accès,
Qui gagnent beaucoup d'or et fort peu de procès !

» *Bureaux de placement, — comptoirs, — achats et ventes,*
— Valeurs, — fonds de commerce, — encaissement de rentes !

» Je connais un quidam, près du Palais-Royal,
Qui, toujours fort poli, comme monsieur Loyal,

Vit, depuis vingt-cinq ans, du fruit de cette amorce :
C'est l'or des ruinés qui fait toute sa force.

» Et tout cela prospère au milieu de la faim !
Ce drôle mange et boit quand l'artiste est sans pain !...
Dévorant en secret sa triste solitude,
Cinq étages sur lui sèche l'homme d'étude !
Quand le génie enfin rampe et meurt ignoré,
Ce fripon vit heureux, riche et considéré ! !...

» O misère ! ô pitié !... quelle fange et quel gouffre !..
Si l'on ne se sentait, pour le pauvre qui souffre,
L'esprit droit, l'âme bonne et le cœur obligeant,
Cela dégoûterait de l'homme et de l'argent.

. . . .

» A ces indignes vols, à ces effronteries,
Je pourrais ajouter d'autres escroqueries :
Les boissons, à Paris, trouvent leurs frelateurs ;
Le sel et le café, leurs falsificateurs.
Du commerce aujourd'hui compagne inséparable,
La fraude est devenue une plaie incurable.
Fouché, sur cette plaie, a fait couler en vain
Des cascades de lait et des ruisseaux de vin.
Elle a pu résister aux aiguillons caustiques
De la guêpe de Karr ; et nos plus grands critiques,
Dont la plume entama la halle et le marché,
N'en ont pas pu finir avec ce vieux péché.

XI

« Dansez-vous quelquefois? allez-vous chez MABILLE,
Au Bois, à la Chaumière; et, séducteur habile,
Avez-vous, dans le feu d'un galop infernal,
Enlevé les faveurs de la reine du bal?
Un autre soin plus doux va l'occuper encore :
Après l'avoir vaincue, il faut qu'on la restaure.
Mais ce charmant convive, à votre table admis,
Que suivait un essaim d'adorateurs soumis,
Qu'entourait de flatteurs une cour si pompeuse,
Cette habile Circé n'était qu'une *soupeuse;*
Elle veut à son char enchaîner son vainqueur,
Dans une lice d'or où n'entre pas le cœur :
Elle soupe à vos frais, non pour manger et boire,
Mais pour vous exploiter, — pour enfler un mémoire;
Et du restaurateur ce *compère* indécent
Sur la carte à .payer gagnera vingt pour cent.

» Oh! que de fois d'ici j'admirai ces merveilles!
Oscar fut le héros de vingt gloires pareilles.
Que n'allez-vous donc voir, dans un quadrille ardent,
Ce pantin disloqué se tordre en gambadant,
D'ici, de là, de biais, en avant, en arrière,

Piétinant à l'envi dans des flots de poussière,
Ou sur un beau parquet, meurtri sous ses talons,
— Car la danse chinoise envahit les salons ; —
Que n'allez-vous donc voir ses gestes, ses postures,
Ses posés, ses écarts et ses désinvoltures !
Allez au *Château Rouge*, et vous aurez pitié
De ce plaisir des dieux sur la terre envié.

Le bal Mabille

» La ronde des lutins n'est pas plus infernale
Qu'une fête de nuit. Quand, dans la bacchanale,
La tempête a grondé, ce sont des hurlements,
Des clameurs, des hourras et des trépignements
Qu'envîraient les démons dans leurs cavernes sombres,
Et qui vont de la nuit épouvanter les ombres.
Tels sont les jeux, les chants, les ébats de l'amour,

19

Tel est l'art gracieux de la danse du jour !

Bal masqué.

» Mais Oscar est lancé : de la honteuse orgie
Ses yeux ont vu brûler la dernière bougie.
Asnières, Ranelagh et *le Jardin des fleurs*
Lui rouvrent tour à tour leurs bosquets enchanteurs.
Bientôt une autre soif le brûle et le dévore :
Il lui faut un *tapis* plus verdoyant encore ;
Et, dès le lendemain, il a pris son élan
Vers le bois de Boulogne et le *Pré Catelan*.
Au *Pré* tout est plus cher : on l'entraîne ; il s'endette ;
Pour restaurer sa bourse, il lui faut la *roulette*.
C'est alors que, chassé loin du bruyant faubourg,
Il court explorer Bade, Ems, Croisic ou Hambourg.
Des raisons de santé, raisons trop légitimes,
L'entraînent sur vapeur vers les eaux maritimes,
D'où son corps mal lavé, refroidi par l'hiver,
Un beau soir, à Paris, revient nu comme un ver.

QUATRIÈME PARTIE

LES RUES

—

I

» J'ai parlé des maisons, parlons un peu des rues ;
Mon armée y puisa ses meilleures recrues.
Les coins de mon tableau les plus intéressants,
Ce sont l'homme au grand air, la foule et les passants ;
Car tout l'Empire est là. Louis le quatorzième
Fut heureux, mais peu grand : sa gloire est un problème.
A ce peuple si fier dont il était le roi
Il disait : *Mes sujets !* et *La France, c'est moi !*
Vos empereurs diront : *Mon peuple, c'est la France !*
Il est tout à la fois sa force, sa puissance,
Sa gloire et sa grandeur : c'est son bras, son appui,
Toute son espérance ; et l'empire... *c'est lui !*

» Vous qui le gouvernez, pour régner sur ses masses,
Gardez-vous d'employer la rigueur, les menaces !
Les cœurs français sont bons, mais je suis convaincu
Que la schlague avec eux n'aurait jamais vaincu.

» Cependant, quelquefois, il leur faut un ton ferme,
Qui dans sa dignité sagement se renferme.
Les peuples généreux se soumettent toujours
Au maître qui les dompte en exposant ses jours.
Le courage est souvent une arme qui redresse,
Quand on sait de cette arme user avec adresse,
Car elle a deux tranchants dont elle peut blesser
La main qui gauchement s'en sert pour redresser.

» La puissance absolue en prise avec l'émeute,
Ressemble au grand veneur au milieu de sa meute :
Lorsqu'il veut l'apaiser, il lui faut d'une main
Tenir le martinet, et de l'autre le pain.

» C'est là précisément où l'on peut reconnaître
Le tact du souverain, l'habileté du maître.
Après avoir des camps affronté les hasards,
Il songe aux ateliers, aux chantiers, aux bazars,
Aux marchés, à l'échoppe, à la place publique,
Et ces soins combinés sauvent la république.

» L'Empire est rétabli : vois, depuis ce moment,
Quelle animation, quel bruit, quel mouvement !
C'est l'ordre et le travail, c'est la force et la vie :

La plèbe maîtrisée — et non point asservie, —
Jouira désormais de ces félicités
Qu'elle ne goûtait pas dans ses clubs indomptés.

» Mais il ne faudrait point que cette confiance
Devînt de l'apathie et de l'insouciance.
L'ennui naquit un jour de l'uniformité;
L'abus peut naître aussi de la sécurité.

» Dans ces moments de paix que fait votre police?
Elle rit, se pavane et digère ; elle glisse
Sur la pente des chars prêts à l'éclabousser,
Même aux yeux des passants qu'ils viennent de blesser.
— On m'écrase ! — Eh ! qu'importe à ce cher Théramène
Qu'Hippolyte soit mort, pourvu qu'il se promène.
Ne lui demandez pas le soin qu'il s'est donné :
Un agent a tout fait lorsqu'il s'est promené.
Il n'est pas de docteur, de quaker, de margrave,
De philosophe grec, de marabout plus grave !...
Plié dans son manteau, l'hiver, il faut le voir
Filer nonchalamment son *farniente* du soir !...

» Voulez-vous consulter cet oiseau? bel augure !
— Un Auvergnat, monsieur, m'a meurtri la figure
Et m'a cassé deux dents parce que je lui dois,
Sans pouvoir m'acquitter, une charge de bois.
A-t-il droit de se faire à lui-même justice?
— Non ; il faut qu'on le paye ou qu'on le garantisse.
— Mais, mais...— Quel est le mais? — S'il me donnait la mort?

— Tant pis pour vous ! celui qui doit a toujours tort.

» Et l'or toujours raison : c'est son plus grand éloge.

. . . .

» L'histoire de la rue est un martyrologe
Vraiment original. Tel qui vient à Paris,
En six mois doit avoir tout souffert, tout appris.
Il n'est pas d'accident, d'épreuve, de torture,
De fâcheuse rencontre ou de mésaventure
Qu'on n'y puisse endurer,

» Là, c'est un beau dandy
Longeant le boulevard d'un air tout ébaudi ;

Il fredonne un motif de *la Reine Topaze;*
Mais un grand choc le coupe à sa troisième phrase :

« — Gare !! — Diable t'emporte ! — A chacun son métier !
— Impertinent ! ! » C'était un garçon charpentier
Qui portait sur sa tête une pile de planches,
Et qui l'avait heurté, lorsque dans ce moment
Passe, près du dandy, l'une des *Dames-Blanches* [1]
Qui vient éclabousser son costume charmant,
Et le couvrir de boue *universellement.*

» Ici, c'est une nymphe en toilette splendide
Qui d'un pied délicat, confiant et candide,
Franchit le boulevard, quand soudain, sous ses pas,
A l'instant où sa jambe étale ses appas,
Un arrosoir public dont le char fait sa ronde,
Ouvre ses réservoirs, l'éclabousse et l'inonde...
Voyez-la, sur l'asphalte, avec grand appareil,
Séchant sa crinoline aux rayons du soleil !...

.   .   .   .
.   .   .   .

» Tout Français, fier des droits qu'il tient de la nature,
Ne peut les exercer à Paris qu'en voiture.
Tel qui, sur un trottoir, humble et le chapeau bas,
Passerait devant vous en vous cédant le pas,

1. Les *Dames-Blanches*, voitures *Omnibus*, ci-devant ainsi nommées, et qu
portent aujourd'hui la lettre L. Elles vont de la Villette à la place Saint-
Sulpice.

S'il marche accompagné du moindre véhicule,
S'élève et se grandit à la taille d'Hercule.
N'aurait-il sous sa main qu'un simple aliboron.
Il sait tout affronter avec ce chaperon.
C'est un héros vainqueur sur son char de conquête...
Il élève la voix, il ordonne : on s'arrête
Pour le laisser passer! Phaéton tout-puissant,
Il fait claquer son fouet sur le pauvre passant!
Qu'êtes-vous près de lui? grand-duc, grand dignitaire?
Grand-croix? grand officier civil ou militaire?
Beaux titres! Fussiez-vous l'empereur du Mogol,
Comme un simple mortel, si vous touchez le sol,
Respectez son baudet! laissez filer sa roue,
Ou tremblez pour vos jours et secouez la boue
Qui vous a moucheté des pieds jusqu'au menton :
Vous n'êtes qu'un manant, un rustre... *un piéton!*

. . . .

. . . .

» Voulez-vous un cocher public?... triste livrée!
Voyez son œil hagard et sa face empourprée!
Ce teint pourpre est un signe infaillible; il est gris;
Et, s'il verse en chemin, n'en soyez point surpris

» Si vous lui désignez Verneuil ou Bellechasse,
Partant de Saint-Sulpice ou du quartier latin,
Pour joindre une heure à l'autre et remplir son matin,
Du Carrousel, au pas, il traverse la place,
Arrive aux boulevards où, mesurant l'espace,

PLACE DE LA CONCORDE

Il gravit les *Martyrs*, toujours à pas comptés,
Mais par vous-même enfin dans leur marche arrêtés.

» Ceci n'est rien encor, ce n'est qu'*un jeu de bourse*.
J'ai vu plus d'un cocher ivre, pris à la course,
Très-sérieusement et d'un air avisé,
Dire *gare* au passant qu'il avait écrasé!...
Puis, son char d'un Anglais va friser le visage...
Il lui lance en excuse un juron ; c'est l'usage.
L'Anglais est trop heureux, en se grattant le front,
Si quelque coup de fouet ne suit pas cet affront.

» Est-il payé d'avance? à la borne il vous verse,
Et sa roue, en tournant, heurte, brise et renverse
Tout objet précieux qui s'offre sur ses pas :
Un cocher de Paris ne se détourne pas.

» — Gare! répète-t-il, gare donc ! gare!! gare!!!
Et de la foule émue affrontant la bagarre,
Le tumulte et les cris, il file toujours droit,
Laissant comme à regret la vie au plus adroit.

» C'est affreux!... mais encor l'homme prudent et sage
Peut-il ici du moins se frayer un passage ;
Tandis qu'on reste ailleurs dans le même embarras,
Forcément engagé sans pouvoir faire un pas.

» Vois quel encombrement horrible!... tout s'arrête!...
Un roulier a brisé l'essieu de sa charrette...
Sa roue a fait verser un superbe landau...

20

Suivent trois omnibus, autant de porteurs d'eau,
Un wiski, deux coupés, quatre ou cinq tapissières,
Un fourgon, deux fardiers chargés d'énormes pierres...
Cochers et conducteurs, l'un par l'autre heurtés,
Jurent tous en fouettant leurs chevaux arrêtés...
Au milieu des passants, ce bruyant pêle-mêle,
Obstrue au loin la voie où rien ne se démêle,
Et, malgré dix sergents, le désordre est complet.

« — Messieurs, leur dit Gustave, un verbal, s'il vous plaît !
» Les dommages sont forts ; c'est une affaire grave :
» Chaque minute encore ajoute à cette entrave.
» Jamais jupe de cour ne reçut tel affront,
» Et monsieur le marquis porte une bosse au front !...
» Adieu ! qu'on se débrouille en correctionnelle... »

» Telle est du grand Paris la rubrique éternelle.....
Mais voici deux commis qui se tendent la main :

« — Tiens ! te voilà, Gilbert ! rebrousse ton chemin.
» Par où veux-tu passer ? — Par Bourbon-Villeneuve.
» — Impossible ! — Et pourquoi ? — J'en sors : la maison neuve,
» Sur la gauche, a de grès encombré son trottoir ;
» Et l'on répare à droite. Évite l'abattoir :
» On n'y peut circuler qu'en bravant les toitures
» A travers un pavé tout couvert de voitures.....
» J'ai reçu vingt débris sur la tête et dans l'œil ;
» Tiens, vois..... C'est effrayant ! — Passons par Montorgueil. »

» Et des sergents de ville esquivant la bourrade,
Ils vont, comme deux bricks jetés loin de la rade,
Tourner la côte au large et regagner le port,
Seul moyen d'éviter la tempête où la mort.

. . . .
. . . .
. .

II

LES VOITURES OMNIBUS [1].

« Dans ce siècle avancé, du champ des découvertes
Les routes en tous sens sont promptement ouvertes.
Chez les Français surtout les innovations
Sont rapides : eh bien, de leurs inventions
La plus digne à mes yeux d'un succès séculaire,
La plus ingénieuse et la plus populaire
De toutes, celle enfin qui me séduit le plus,
C'est... pardonnez-le-moi, celle des *omnibus*.

1. Ici, le persévérant Aristarque, oubliant encore une fois que c'est la bouche
d'airain qui parle, jettera les hauts cris, disant que jamais Napoléon Ier ne mit
les pieds dans un *omnibus*, et qu'il est par conséquent impossible qu'il puisse en
parler. O critique spirituelle de la satire insensée, à quel degré d'abnégation de
toi-même es-tu donc descendue !

» Qui donc eut le premier cette heureuse pensée
Que l'on qualifia si longtemps d'insensée?
Ce fut un esprit droit, simple, un peu monacal,
Mais sévère et profond : ce fut Blaise Pascal.

» Ainsi, ce plan si beau, si rempli d'espérance,
Par deux siècles couvé sous l'aile de la France,
Pour y donner l'essor à ses combinaisons,
A traversé les temps de saisons en saisons;
Ruiné vingt comptoirs, frustré cent compagnies.
Ce n'est qu'à bout de soins, de peines infinies
Et de calculs nombreux, qu'on a pu, de nos jours,
A ses mille canaux donner un libre cours.

» Grâce à cette conquête, aujourd'hui, plus de halte
Ou de course obligée · en dépit de l'asphalte,
Le piéton pressé, dans sa trotte accourci,
Peut dire avec orgueil : « J'ai mes chevaux aussi!
» Mon cocher toujours prêt ne se fait pas attendre,
» Et ma voiture est là. Le jour, j'aime à l'entendre
» Au bruit de ses grelots; et, la nuit, j'aime à voir
» Ses deux yeux de rubis, escarboucles du soir! »

« Car le peuple connaît sa marche habituelle :
Incessant va-et-vient, chaîne perpétuelle
Qui rattache Paris de l'un à l'autre bout,
A droite, à gauche, au centre, hors des murs et partout,
Secondé par les siens, l'utile véhicule
Sur la publique voie, à vos ordres, circule.

» Où vont tous ces bourgeois qu'on voit grimper là-haut,
Comme des assaillants qui montent à l'assaut?
Pour arriver au faîte, on se heurte, on se presse...
Quel est ce monument? est-ce une forteresse,
Un rempart, une tour? non, c'est un *omnibus;*

L'Omnibus.

Les états et les rangs s'y mêlent confondus.
Là le gros commerçant coudoie un prolétaire;
Le froc sacerdotal touche au frac militaire;
On voit s'y réunir, en toute liberté,
Les filles de Vénus aux sœurs de charité.
L'on y trouve pressés, entassés pêle-mêle,
La bure et le velours, la serge et la dentelle.
En face d'un *gandin* siége un lourd épicier,
Près d'un manœuvre en blouse, un riche financier.

Au fond s'est installée une fine élégante
Qu'est venue aborder une vieille intrigante.
Et l'ample crinoline, au tendre céladon
Prodigue les douceurs d'un moelleux édredon.

» Grâce à tous ces contacts, le salon court les rues ;
On perd, sans s'en douter, les façons malotrues :
C'est un vrai cours gratuit, par mutualité,
D'égards, de politesse et de civilité.
En un mot, l'*omnibus* devient une ressource,
Un point de rendez-vous pour l'intrigue ou la bourse,
Un abri dans l'orage, un recours prévoyant,
Un refuge, un prétexte et même un faux-fuyant.

» Cependant, quelquefois, ce n'est pas sans mécompte
Et sans difficulté qu'un voyageur y monte.
Paul a besoin d'un fiacre, un fiacre est à ses yeux ;
Mais sa bourse lui dit que l'*omnibus* vaut mieux.
L'apercevant de loin, il accourt tout en nage,
Brandit sa canne en l'air ; léger comme au jeune âge,
Il peut se rendre à temps au signal du sifflet ;
Il redouble le pas ; il arrive : *complet!*

.   .   .   .

.   .   .   .

» Une voiture à tous, voilà du communisme
Pratiqué sans emphase et prêché sans cynisme !
Raspail, Proudhon, Cabet et toi, Gracchus Babeuf,
En fîtes-vous jamais de plus vrai, de plus neuf?...

» Jadis, les seigneurs seuls cheminaient en carrosses ;
Mais le pauvre, soumis à des droits écrasants,
Fût-il paralytique, accablé par les ans,
Avait, pour tout soutien, sa béquille ou ses crosses,
Et l'homme de travail, dans ses courses atroces,
Trouvait, à prix d'argent, pour tous locomoteurs,
Le coche, les coucous ou la chaise à porteurs.

Les Messageries.

Là se borna longtemps, pour les messageries,
Tout l'esprit et tout l'art des grandes industries.
C'était un temps maudit de la terre et du ciel :
D'ici toute l'absinthe et de là tout le miel.
Mais, aujourd'hui, le siècle a nivelé les races ;
Il partage entre tous les faveurs et les grâces.
L'homme est ce qu'il devient, et non pas comme il naît :
L'on marche côte à côte et l'on se reconnaît.

» Si jamais cependant, par un retour coupable,
Dont un élu du peuple est au moins incapable,

Le pouvoir souverain cessait de protéger
Ces mêmes droits acquis au milieu du danger ;
Au lieu de ces clameurs aujourd'hui sans réplique :
Vive l'égalité ! vive la république !
En défendant vos droits contre les vieux abus,
Vous diriez au pouvoir : *Omnibus ! omnibus !* »

III

LES CHANTEURS AMBULANTS. — MÉHUL ET L'ORGUE DE BARBARIE. — RÉFORMES
DÉSIRABLES.

« Le peuple est un torrent ; il a ses temps de crues.
Alors, comme l'esprit, le talent court les rues :
La misère et la faim, dans certains beaux élans,
Se font musiciens ou chanteurs ambulants.
Rejets de l'art, ils vont polluer ses merveilles ;
Artistes de malheur, aux sensibles oreilles
Ils ont livré bataille et juré guerre à mort.

« — Enfants, disait Méhul, vouons au vieux remord
» L'orgue de Barbarie, affreuse manivelle
» Qui, sans pitié, s'attaque à la chanson nouvelle,

» La saisit à la gorge et la tue... aux dépens,
» Souvent au désespoir des malheureux tympans.
» Pour mes airs d'opéras j'aurais moins à m'en plaindre,
» Si la main appelée à garnir son cylindre,
» Dans sa stupide adresse et ses soins imprudents,
» Ne l'avait, par malheur, chargé de fausses dents.
» Mais, grâce à l'ouvrier si plein de confiance,
» Le plus heureux bémol brille par son absence :
» C'est en vain que j'attends le dièze obligé ;
» Je ne perçois de l'air qu'un ignoble abrégé,
» Qu'une contrefaçon, qu'un accessoire insigne
» Qui me crispe les nerfs, qui m'irrite et m'indigne.
» Ce n'est pas tout : cet air, ainsi déchiqueté,
» On me le reproduit jusqu'à satiété.
» Un intrépide bras, vingt fois dans la journée,
» Redit sous mes balcons sa strette infortunée.
» Mon cœur en est ému : je dois y compatir ;
» Et je lui jette un sou, couronne du martyr[1]. »

» Ce que disait alors l'auteur de *Stratonice*,
Il faut le répéter pour que l'abus finisse ;
Car il règne aujourd'hui plus que jamais encor.

» Vois avec quelle rage et quel parfait discord
Guitares, violons, flûtes et clarinettes
Font sauter sapajous, roquets, marionnettes !

---

1. Du temps de Méhul, un sou pouvait être une tête couronnée, à l'effigie de Louis XVI.

Vous en avez d'ici, vous en avez de là :
Aimez-vous la musique et la danse? en voilà!
C'est un bruit, un vacarme, un tintamarre atroces :
Cris, aboîments de chiens, roulement de carrosses
Sont l'accompagnement du sabat infernal ;
Et l'on n'entend plus rien qu'un affreux bacchanal !

» Travaillez, maintenant, dormez, soyez malades,
Rien de plus assassin que ces troupes nomades
Exploitant lieux publics, maisons et carrefours :
Allez au fond des bois, vous en aurez toujours !

» Trop souvent un plaisir devient une torture ;
Mais l'on vit quelquefois percer, par aventure,
Comme à travers la vase où brille un diamant,
Parmi les bateleurs maint artiste charmant.
Lorsque devant la faim la honte est disparue,
Le malheur, qui craint l'eau, se jette... dans la rue.
C'est ainsi qu'à Paris souvent on a pu voir
Le génie en plein vent chanter son désespoir ;
Et l'habile écrivain, colportant un volume,
Crier publiquement le produit de sa plume !

. . . .

. . . .

.

» Dans chaque grande ville il faudrait installer
Un jury compétent pour trier, démêler,
Séparer avec soin le bon grain de l'ivraie,
Et du charivari la sérénade vraie.

Tout en donnant l'essor à l'art musicien,
Imposez-lui des lois, des devoirs, un lien.

Le génie en plein vent chantant son désespoir.

Pour combattre et chasser l'élément délétère,
Substituez partout un règlement sévère

A l'aveugle licence, à l'abandon criant
Qui fit un cauchemar d'un pauvre mendiant.

» Mais, pour mieux subjuguer la race vagabonde,
Il faut lui donner place au grand banquet du monde.
Tout en dictant des lois au peuple bohémien,
Octroyez-lui sa part du gâteau citoyen ;
Ouvrez-lui des chantiers : les forges et les mines
Prêteront un air noble aux plus sales vermines ;
Et le bruit des marteaux, épurant l'air des cieux,
Changera leurs discords en sons mélodieux.

IV

EXCURSION NOCTURNE. — DÉGUISEMENT. — ILLUSTRES INCOGNITO. — POLICHINELLE. —
LA LANTERNE MAGIQUE. — LES PLAISIRS DES CHAMPS-ÉLYSÉES.

« J'aimai toujours beaucoup le ciel pur, la lumière ·
Mon aigle, des vieux toits secouant la poussière,
Comme un oiseau captif qui maudit ses filets,
Se sentait à l'étroit dans les plus grands palais,
Où, comme en un cachot, tout seigneur se confine...

Vive l'air!... Certain soir, seul avec Joséphine,
J'étais, à la faveur d'un double incognito,
Redevenu bourgeois et sorti du château
Pour diriger mes pas jusqu'aux Champs-Élysées.
Jamais Nos Majestés ne s'étaient amusées
Autant que ce soir-là. Je vis Polichinel :

Les plaisirs des Champs-Élysées.

Mon oreille entendit l'argot originel
De ce grand personnage et sa voix nazillarde.
J'admirai d'Arlequin la verbe babillarde,
Les passants attroupés au charme de sa voix,
La lanterne magique et... nos vaillants exploits :

« Venez voir, disait-il, la pièce curieuse,
» *Geneviève en Brabant* et *Fanchon la Vielleuse !...*

» Voyez sur son chameau l'illustre conquérant !

Napoléon en Égypte.

» On l'appelle déjà Napoléon le Grand,
» Bien qu'il soit seul du nom et qu'en somme on ignore
» S'il n'en surgira pas quelque plus grand encore !

» Voyez le beau **Kléber**, ce guerrier mitoyen,
» Né Français-Allemand et mort Égyptien !

» Voyez ces rocs déserts et ces sables humides :

» Le Nil a débordé... voyez les Pyramides !
» Un grand mot a marqué ce grand événement....

. . . .

Pyramides d'Égypte.

» Enfin, voici le sacre et le couronnement... .
» Au milieu de sa cour voyez l'Impératrice,
» Du bon peuple français l'ange et la protectrice !
» A gauche et sur le fond, voyez les maréchaux,
» Les grands corps de l'État, les cours, les tribunaux,
» Le Pape, et l'Empereur, tenant son diadème,
» Qu'il lui saisit des mains pour s'en coiffer lui-même.
» Rien ne manquerait plus à sa joie, aujourd'hui,
» Si ma main déroulait ces tableaux devant lui ! »

. . . .

» Et jamais, en effet, en plus belle soirée,
Représentation ne fut tant honorée !
Qui jamais mieux que moi, de franc cœur, admira
Les gloires de l'Empire et mieux les honora?
Me voyez-vous devant les hussards de ma Garde?
Au spectacle d'un sou c'est moi qui les regarde!...
A travers un optique, aux lueurs d'un fanal,
Je vais me voir passer la revue à cheval!...

. . . .

« Voyez!... » — C'était, plus loin, la *révolte du Khaire*
Qui venait d'exploiter la foire de Beaucaire;
C'étaient les *chiens savants, Merlin, Gargantua,*
La *superbe géante* et le *serpent boa!*
Le tout accompagné d'un *tutti* formidable

Spectacles de la foire.

Rendant de toutes parts l'allée inabordable
A ceux qui de Paillasse aiment le calembour
Assaisonné de cor, de fifre et de tambour.

» En buste, en pied, sous verre et sur les bonbonnières,
J'avais pu m'admirer de toutes les manières.

Napoléon I⁰ʳ.

A force de courir je m'étais délassé
De mes travaux du jour : le temps m'avait passé
Plus vite qu'au palais, où l'étiquette assomme.
Je fus heureux enfin, et puis dire qu'en somme
Je n'aurais pas trouvé l'essai trop imprudent
Sans la vielle édentée et l'orgue discordant. »

V

LES BOULEVARDS — LE COUREUR DE PLAISIRS. — UNE FÊTE PUBLIQUE. — CE QUE C'EST
QUE LA FOULE A PARIS. — CATASTROPHE. — COMPARAISON DE L'HOMME PUBLIC
AVEC L'HOMME PRIVÉ.

« A Paris, beau séjour, vrai pays de Cocagne,
Le plaisir est partout : Dieu sait ce qu'on y gagne.

22

Dès que la blonde Aurore a redoré les cieux,
Le pavé s'y transforme en champ de curieux.
Franchissons d'un clin d'œil, à travers leur poussière,
Les essaims bourdonnants de cette fourmilière ;
Et, du nord au midi, suivons de nos regards
Cette ceinture d'or qu'on nomme boulevards,
Cours vivant, fleuve humain qui ruisselle et qui brille,
Dans toute sa longueur, jusques à la *Bastille.*

» Là, de belles maisons, magasins éclatants
Exposent au grand jour tous les trésors du temps.
Là, sont les beaux cafés, les salles de spectacles,
Les cercles, les bazars, populeux réceptacles ;
Affluents animés, où ceux qui veulent voir,
Admirer et jouir, vont circuler le soir.
Les passages vitrés, splendides galeries,
Y scintillent au gaz avec leurs pierreries
Qui font pâlir les cieux, et dont l'éclat vermeil
Est plus éblouissant que l'éclat du soleil.

» Soldat, habitué, par goût et par étude,
Au mépris du danger, j'ai craint la multitude.
Quand on voit, dans Paris, la foule se presser,
Il faut battre en retraite ou la laisser passer.
Le fou veut que son temps avec son or s'écoule,
Mais le sage, avant tout, laisse écouler la foule.

» Aucun peintre de mœurs n'esquissa le portrait
Du *coureur de plaisirs ;* le voici trait pour trait.

» Celui, chez les humains, qu'un tel désir enflamme,
Ne peut s'appeler homme et n'est point une femme.
C'est une chose vague, une neutralité,
Un jouet de Momus par Plutus inventé.
Cette machine d'or tourne au feu de l'orgie
Comme le papillon autour de la bougie :
Il faut que chaque instant pour elle ait son rayon
De surprise, de crainte ou d'agitation.
Dîners, spectacles, bals, concerts, feux d'artifice,
Illuminations... tout, à son bénéfice,
Semble se disputer les honneurs et le pas ;
Mais de tels passe-temps ne lui suffisent pas.
Il lui faut du péril les chances imprévues,
Des courses aux chevaux, des chasses, des revues ;

Les plaisirs de la chasse.

Elle est, en se levant, chaque jour aux aguets
Des bruyants festivals, des concours, des congrès.
Dans l'espoir insensé d'y jouir d'une fête,
Elle expose ses jours, elle risque sa tête.

Tout la séduit : pour elle, il n'est aucun danger ;
La fatigue est un charme ; elle court, pour changer,
Toutes les tables d'hôte et toutes les *Chaumières :*
Tous les chemins de fer l'ont vue à leurs portières.
Elle vide sa bourse aux pieds de ses désirs,
Et donnerait un bras pour un train de plaisirs.

Un train de plaisir.

» Voilà donc, à Paris, le destin qu'on envie !
Voilà l'heureux du jour ! Mener joyeuse vie,
C'est donc cela ! fort bien !... mais ce ciel radieux
Ne lui trahit-il pas quelques points nébuleux ?
N'y survient-il jamais d'orages ? ma réplique,
Ce sera le tableau d'une *fête publique.*

» C'était au *Champ de Mars,* où six mois de travaux,
Pour construire, à grands frais, divers plaisirs nouveaux,
A peine avaient suffi. Tous les heureux de France,
Jaloux de prendre part à tant de jouissance,
S'étaient donné le mot dans toutes les cités.

Voitures et chevaux, par avance arrêtés,
N'attendaient pour partir que le jour de la fête ;
Il arrive, et la foule avec lui : tout s'apprête
Dans cette vaste arène où trente régiments
Vingt fois ont manœuvré sous mes commandements.
Riche d'émotions, une masse folâtre
Attend, ici debout, là sur l'amphithéâtre ;
Mais, trop multipliée, elle s'enfle si bien,
Qu'elle devient compacte, immobile..... un lien
Dont les nœuds la pressaient et semblaient la restreindre,
Comme dans un étau vient tout à coup l'étreindre.
Il transforme sa joie en gêne, et la douleur
En silence effrayant, présage de malheur.

» Tout se tait ; mais bientôt des cris se font entendre ;
Ce sont des cris confus qu'on ne saurait vous rendre :
Ce sont tout à la fois de sourds gémissements,
Des murmures, des pleurs et des emportements.
Puis la tempête éclate... un flot noir tourbillonne,
Comme ceux de la mer que la foudre aiguillonne.
Ce flot tumultueux se déroule, se tord,
S'élève dans les airs par un dernier effort,
S'affaisse sur lui-même, et, comme un bloc qui tombe,
Au milieu des débris il se creuse une tombe.

» Les blessés et les morts, entassés, confondus,
Cherchés par les vivants, ne se distinguent plus ;
Ils n'offrent plus à l'œil qu'une masse incertaine
De corps défigurés qu'on reconnaît à peine.
On ne voit que lambeaux de vêtements épars,

Que cadavres humains gisant de toutes parts.
Tout gémit, souffre ou meurt : on dit qu'on a vu même
Des chevaux, étouffés dans ce désordre extrême,
Soulevés sur la foule avec leurs cavaliers,
Puis terrassés par elle et foulés sous ses pieds.

» Pour presser le torrent furieux qui l'entraîne
Un deuxième fléau contre elle se déchaîne :
Le filou vient au trouble imposer ses exploits
Avec ses trébuchets, précurseurs de ses doigts.
C'est alors qu'au milieu d'une lutte sauvage
S'exercent librement le vol et le pillage ;
C'est alors que l'on voit l'ignoble malfaiteur
Régner sur le désastre en vrai triomphateur.

» Quoi de plus déchirant que ces rapides fuites,
Veilles sans lendemain, espérances sans suites
De pauvres voyageurs tués sur leur chemin
Quand ils croyaient tenir le bonheur par la main !
Quel terrible moment pour ces tristes victimes
Succombant au milieu de leurs douleurs intimes !
Quel destin plus cruel que celui d'un enfant
Écrasé sous le poids du corps qui le défend !
Quel sombre désespoir que celui d'une mère
Abandonnant sa fille au hachis populaire !
Pour l'époux quelle nuit que celle du trépas
D'une épouse qu'il vient d'étouffer dans ses bras !...
Ces combats sont affreux ! il vaut bien mieux, sans doute,

S'exposer à la mort devant une redoute,
Que de se voir ainsi dans la poudre rouler,
Sous les pieds des vivants pétrir, broyer, piler.

. . . .

» La mort, presque jamais, ne vient comme on la rêve :
Lente elle m'arriva quand je l'implorais brève.
Je fus par des bourreaux dans une île entraîné,

L'île Sainte-Hélène.

Comme un vil criminel à sa honte enchaîné !...
Un héros ne doit pas mourir comme un corsaire !...
Au champ de Waterloo mon vœu le plus sincère
C'était de rendre l'âme et d'achever mon nom
A l'odeur de la poudre, aux accents du canon.

Dix fois, dans la mêlée, au cœur de la bataille,
J'affrontai vainement l'obus ou la mitraille;
Et j'enviais le sort des braves officiers
Qui, pour sauver mes jours, expiraient à mes pieds.

Guerre d'Italie.

» Un général n'est point, comme un chef de famille,
N'ayant vu que le feu du sarment qui petille.
Pour éclairer son âme il faut d'autres éclats
Que la lueur d'un cierge on la cloche des glas.
Il doit, sans murmurer, savoir quitter la terre
Comme l'on quitterait un désert solitaire.

PARIS NEUF

Dureni & Maver, 12, rue Vivienne.

ARC DE TRIOMPHE DU CARROUSEL

L'homme d'armes public, le guerrier, le soldat
Se doit à la patrie, il se doit à l'État.
Vouloir vivre, pour lui c'est ramper comme un lâche :
Il peut toujours mourir s'il a rempli sa tâche.

» Mais pour l'homme privé, le plus cruel malheur
C'est la perte du corps que suit celle du cœur.
Ce n'est pas de sortir obscur et sans contrôle
De la scène du monde où va finir son rôle ;
Personnage muet, ce n'est pas, quand il part,
D'y manquer sa sortie ou de partir trop tard ;
Mais c'est de voir souffrir, dans un adieu suprême,
Ceux dont il est aimé, qui sont tous ceux qu'il aime ;
Et prenant à regret vers les cieux son essor,
De mourir, quand pour eux il faudrait vivre encor.

. . . .
. . . .

VI

LA BOURSE.

« Que fait donc, à midi, cette foule compacte,
Si près de l'Opéra? ce n'est point un entr'acte[1]
Que font tous ces bourgeois par groupes entassés,
Pérorant à grand bruit, l'un vers l'autre empressés?
Est-ce un rassemblement caché sous ces portiques?
L'émeute n'est point là; non, les flots politiques
Sont plus gris, plus fougueux et bien plus agités;
Comme ceux de la mer ils grondent irrités.
Cette foule, il est vrai, n'est pas toujours tranquille;
Quoique peu favorable à la guerre civile,
Sa vague, certains jours, gronde et s'agite aussi.
Vois comme elle se meut!... le torrent obscurci,
Resserré sur lui-même et parti de sa source,
Longe le boulevard... Où va-t-il? — à LA BOURSE!

» Il est une heure; une heure est comme un couvre-feu,
Un ordre souverain qui signifie : *au jeu!*

---

1. Depuis quelque temps, une mesure de police est venue pourchasser les
boursiers qui stationnaient, vers le milieu du jour, sur cette partie du boulevard
des Italiens. Ils se réunissent aujourd'hui vers le passage Jouffroy, puis sous le
péristyle et dans l'intérieur même de la Bourse.

» Au jeu! vite! accourez! quittez tout! le temps presse!
Le peuple trouve là tout ce qui l'intéresse!
Plus de Californie! on vient de l'Archipel
Pour répondre et se rendre en masse à cet appel!

» Que le fruit du travail, de l'industrie humaine,
De l'art intelligent, passent de leur domaine
Au jeu! Tout doit sortir de son creuset banal
Pour aller s'engloutir dans ce gouffre infernal!

Le palais de la Bourse.

» D'heureux industriels, poussés par un beau rêve,
Arrivés à Paris de Vienne ou de Genève,
Riches d'un capital à peine débarqué,
Quittent, l'un suivant l'autre, à ce grand coup marqué,
L'horloger ses émaux, le bijoutier sa forge;
L'ardente soif du gain les saisit à la gorge;

Et, dans leur frénésie, à cent vautours rivaux
Ils vont distribuer le fruit de leurs travaux.

» La foule est aux guichets : bientôt l'agent de change,
Plaisant dépositaire et pourvoyeur étrange,
Pourra dire au client qui l'avait patronné :
— Mon ami, c'en est fait, vous êtes ruiné !
Triste sort du joueur qui trouve en sa ruine
Sa palme de martyr, sa couronne d'épine,
Son salut... car il faut que ses derniers écus,
Changeant ses vins en onde à ses yeux convaincus,
Éteignent cette fièvre ardente qui le mine.

. . . .
. . . .

» J'en reviens à mes flots de bourgeois, flots constants,
Quoique souvent battus et sans cesse flottants.
Ce sont là les *boursiers*, tels sont les personnages,
Écume des salons, du commerce ou des arts,
Qui, chaque jour de l'an, sous divers patronages,
De la hausse ou la baisse exploitent les hasards.
Arrivant pas à pas, la bruyante cohorte[1]
Prend d'assaut l'escalier, s'engouffre dans la porte,
Et va de tous côtés ouïr et s'informer.

1. Depuis que le droit d'entrée a été établi (en 1856), cette confusion et cet encombrement ont dû beaucoup se modifier, et l'on entre aujourd'hui moyennant une rétribution de 1 franc par tête. Quatre tourniquets ont été établis, à cet effet, sur le devant et sur le derrière du monument.

Partout l'on voit déjà des groupes se former :
Inconnu, l'on s'aborde : il faut qu'on s'entretienne
Des cotes de Hambourg, de Londres et de Vienne.

» Demandez-vous du *Nord*, du *Crédit mobilier*,
Du *Grand-Central*, de *l'Est*, du *Midi*, du *Foncier?*
Vous faudrait-il des *docks*, des *zincs de Silésie?*
Tout est là : choisissez à votre fantaisie.
On y vend à prix d'or des *minerais* lointains,
Et jusques à des *gaz* et des *forges* éteints.

» Quel est ce *monsieur*-là? que lui veut donc cet autre?
—Prenez mon portefeuille et donnez-moi le vôtre! —
Semblerait-il lui dire avec ses yeux de faon,
Dont le point incisif perce, pénètre et fend.
Le condor a flairé sa proie et va lui tendre
Un piége : les raisons qu'il veut lui faire entendre
Bientôt vont devenir claires comme cristal ;
Car l'imposture est là. L'effroi, leurre fatal,
Jette sur le pauvre homme un philtre délétère
Qui le saisit au cœur, le secoue et l'atterre ;
Il se trouble, il chancelle, il tombe : il est vaincu.
Comment son aggresseur l'a-t-il donc convaincu?...
Pour que le vœu d'un autre à son vœu se nivelle,
Quel moyen lui faut-il employer? *la nouvelle!*

» La nouvelle, empruntée aux *dit-on* des journaux,
Est l'heureux filet d'or qui prend les étourneaux !
C'est le harpon de fer qui retourne et *revire*
Une bûche aussi bien qu'un coffre ou qu'un navire.

C'est le bâton qui fait marcher le grand bétail :
C'est son croquemitaine et son épouvantail.

. . . .

» Ce récit t'interloque, et ton esprit surnage
Entre deux eaux... Eh bien, retourne au personnage
Que ce *boursier* lui-même a si bien *retourné* :
Sois sûr qu'il ne l'a point encore abandonné.

» — Enfin, que lui veut-il? — Il veut ce qui lui manque.
— Il veut... — il veut son or et ses billets de banque !
— La Bourse est donc un bois infesté de voleurs?
Que vient-on faire ici? — *Jouer* sur les valeurs !
— Je n'y comprends plus rien. — Te voilà bien novice !
Un lettré tel que toi qui veut fronder le vice
Et réformer le siècle !... Et si l'on te disait
Que ce même innocent que l'on *magnétisait*
N'est qu'un banqueroutier chassé de sa province !...
Tel fripon qu'on poursuit ailleurs et qu'on évince,
Est, n'importe comment ses biens furent acquis,
Ici, grâce à ces biens, traité comme un marquis.
Chacun le considère; on l'entoure, on le flatte,
On le fête au besoin; mais, quand sa bourse est plate,
Quand on l'a mis à sec et miné jusqu'aux os,
On se fait un devoir de lui tourner le dos.

» C'est justice, aujourd'hui les riches sont les maîtres;
Ils sont l'âme et le corps : aussi bien que les lettres,
Aussi bien que les arts, l'industrie aux abois
Est, dans son petit coin, sans lumière et sans bois.

Le crédit, qui partout fut jadis sa ressource,
Va porter maintenant tous ses sacs à *la Bourse.*
A mon sceptre de fer succède un sceptre d'or,
Bien plus ambitieux et bien plus rude encor.
La Bourse est tout, peut tout ; c'est elle qui gouverne ;
Et *le nerf de la guerre* est dans une caverne...
Enfin... tranchons le mot... je le dis à regret :
Sa troupe est une bande, et, dût-elle en secret,
A l'unanimité s'en trouver offensée,
J'oserai hasarder ma sincère pensée,
Telle qu'à mon esprit elle se révéla,
La voici : les trois quarts des hommes qui vont là,
Sans l'institution de la gendarmerie,
Ne seraient pas restés chevaliers d'industrie ;
Et, loin d'eux, l'autre quart, dans un bon atelier,
Exercerait sans trouble un utile métier.

. . . .

» Je viens de retracer une des mille scènes,
Un des mille tableaux, tous plus ou moins obscènes,
Plus ou moins déhontés, plus ou moins monstrueux,
Qu'ont sténographiés cent témoins malheureux
De cet antre du vol, de cette impure source
De désordres sans fin que l'on appelle *Bourse.*
Mais je voudrais encor peindre son mouvement,
Son fracas, son tumulte et son débordement.

» Les membres du *Parquet* entrent dans le prétoire :
Leur *crieur* officiel consulte l'auditoire :

L'hémicycle a parlé : gueule aux soixante voix[1],
Auxquelles mille échos répondent à la fois,
Il a produit le *cours*, sale oiseau d'écoutille,
Qui, dès qu'on l'a touché, s'échappe de sa grille.
Il crie, il siffle, il grince, il vole : il est parti.
Déjà du monument la voûte a retenti
De ses rauques accents, de ses clameurs sauvages
Qui vont épouvanter l'un et l'autre rivages.
Mais, avant de sortir, son cri, sombre vapeur,
Dans l'antre va flottant du désir à la peur.
Il éclate au milieu d'un *tutti* formidable
Qui part de cette foule épaisse, inabordable,
Traversée en tous sens par de nombreux *coursiers*,
Titulaires, agents, ou *marrons coulissiers*[2].

» Nous sommes à la hausse : il est venu d'Afrique,
De Vienne ou d'Orient, certain bruit pacifique
Qui vite a fait monter les valeurs et les fonds ;
Et vous voyez bientôt tous ces esprits profonds
Se laisser entraîner par le torrent immonde
Qui plus il voit son gouffre entr'ouvert, plus il gronde.
Il pleut des bulletins d'ici, de là, d'ailleurs :
On prend tout, on craindrait de manquer les meilleurs.

1. Il est aujourd'hui question de porter ce nombre à cent.

2. Les *Coulissiers* ou agents de change *marrons*, tout récemment poursuivis à outrance par l'autorité judiciaire. Quelques-uns d'entre eux ont enfin subi les conséquences de leurs opérations illicites, dans un procès rigoureux qui les a frappés d'amendes considérables.

» Laissons les *actions de la Banque; la rente*
S'est très-rapidement élevée à *cent trente.*
Les mines, les canaux et *les chemins de fer*
Assez haut sont montés, selon le cours d'hier.
Tous les fronts sont riants, quand soudain la *nouvelle,*
Prompte comme la foudre, éclate et se révèle ;
Du sein d'un groupe sombre elle prend son élan,
Et s'ébat dans les airs comme un affreux milan.

» Ignoble enfant bâtard qui vient avant le terme,
La nouvelle est un fruit dont la fourbe est le germe.
Ce perfide embryon, ce jet d'heurs et malheurs,
Naît toujours dans *la Bourse,* au sein de ses douleurs ;
S'il n'y vient pas *mort-né,* sorti de ses entrailles,
Il s'élève, il grandit, il perce les murailles,
Circule, et va bien loin, dans la ville et les champs,
Exercer son ravage et ses exploits méchants.
Quand il a répandu partout sa bave amère,
Il revient sur ses pas, dans le sein de sa mère.
Ce sont de ses vains bruits les échos vagabonds,
Qu'on a laissés courir et par sauts et par bonds,
Qui deviennent enfin une crainte réelle,
Et le sort de l'État quelquefois dépend d'elle.

» Vois dans quel précipice un propos hasardé
Peut plonger un empire !... un méchant tour de dé,
En servant d'un escroc la honteuse espérance,
Coûta vingt millions à la banque de France ! !
Le germe est faux, n'importe : à la baisse l'on vend !
Le cours est établi ; qui l'a produit ? un vent !

24

Mais la perte; à ce prix, n'est pas moins assurée :
Une énorme faillite, aujourd'hui déclarée,
Et dont le bruit partout va circuler ce soir,
De cent maisons, demain, fera le désespoir !...
Car l'horloge a parlé, l'horloge met un terme
A tout nouvel espoir ; tout est fini : l'*on ferme ;*
Et ces fronts, tout à l'heure ouverts et radieux,
Sont devenus soudain sombres et soucieux !

. . . .

. . . .

» Qu'est-ce donc que le jeu? c'est la faim, la ruine,
Le désespoir, la mort! creusez une autre mine.
Ce n'est pas un tripot qu'il faut aux ouvriers ;
C'est le travail qui met du blé dans leurs greniers.
Ce fonds perpétuel, conduit avec prudence,
Bientôt dans leurs *cités* [1] portera l'abondance.
C'est le cours des tissus, des bestiaux et des grains,
Fruits nourriciers du sol et produits souverains,
De la grande famille éternelle richesse,
Dont il faut diriger ou la hausse ou la baisse.
La spéculation n'est qu'un sable mouvant
Qui frémit sous les pieds entre l'onde et le vent ;
Et le joueur de fonds, cueillant son fruit en herbe,
C'est l'insecte rongeur qui dévore la gerbe ;
Tandis qu'un bon chantier, c'est le terrain fécond,
La mine inépuisable et la source sans fond.

1. Les *Cités ouvrières*, dont nous avons déjà parlé, sont des maisons exclusivement réservées aux familles des travailleurs. C'est une des heureuses institutions récemment fondées par l'État.

» Union des partis, humaines prévenances,
Équité dans les lois, ordre dans les finances,
Fécondité, bonheur, sagesse ; tout est là :
Les plus beaux monuments sont fondés pour cela.
Mais pas de jeux de bourse où le gain et la perte
Du grand corps social sont la plaie entr'ouverte,
Qui s'étend, s'élargit... et, pour l'en soulager,
Il ne faut pas attendre ; il faut voir le danger,
Il faut porter remède au mal dans sa racine.
Craignez la plèbe armée et sa horde assassine ;
Craignez de faux Brutus qui, dans certains moments,
Ne respecteraient pas les plus beaux monuments ;
Bande de vagabonds constamment poursuivie,
Qui vous dirait : *Du pain !* ou, *La bourse ou la vie !*
Et se ferait ouvrir des chantiers citoyens
Où les bons ouvriers piochent pour les vauriens.

» Déjà vous eussiez vu ces manœuvres sauvages
Sur le beau monument exercer leurs ravages :
Déjà de leurs exploits tel eût été le prix ;
Et la postérité lirait sur ses débris
Ces mots : « *Ci gît le jeu, digne fils de l'usure,*
» *Mort d'une soif de gain poussée outre mesure.* »

» Le jeu n'aurait pas seul péri de ses excès ;
Il eût noyé son or dans le sang des Français !...

. . . .

» Mais *un sauveur nouveau*, que l'univers contemple,
Chassera les joueurs pour *les marchands du temple.*

Au signe de sa main, aux accents de sa voix,
Tout rentrera dans l'ordre ou reprendra ses droits ;
Et l'industrie, heureuse en sa reconnaissance,
Pourra concilier, sous l'Empire des lois,
Ses progrès d'aujourd'hui, sa gloire, sa puissance,
Avec la dignité qu'elle avait autrefois. »

VII

LE MARCHÉ DU TEMPLE.

« Je viens de t'esquisser, pour leurs actionnaires,
La Bourse des banquiers et des millionnaires :
Elle n'est pas toujours la Bourse des heureux ;
Mais, passons maintenant à la Bourse des gueux.

» Mon ministre Fouché, qui veillait sur les masses,
Obligé d'observer, d'étudier les classes
Subalternes du peuple, et, par leurs dénûments,
Le plus souvent en prise avec les règlements,
Me fournit ces détails. Le Temple, ainsi se nomme
Ce lieu qui d'un bazar est le hideux fantôme.
C'est, dans la ville d'or, une ville de bois ;
Adorant d'autres dieux, vivant sous d'autres lois,

Ayant ses us, ses mœurs, son code, son langage
Et son commerce à part. Le juif, prêteur sur gage,
Le mont-de-piété, la misère et la mort
Viennent l'alimenter, lui servir de renfort.
Là vont s'amonceler toutes les vieilleries,
Tous les brins superflus, toutes les friperies
Que le *chineur*[1] criard, pour enfler son butin,
Va, partout, dans Paris, récolter le matin.

» Onze heures ont sonné : bientôt la troupe immense
Des maraudeurs arrive et le *Carreau*[2] commence.
Les *beausses*[3] ont paru : ces Rotschild des chiffons
Viennent fixer le cours des *valeurs* et des *fonds*.
Les *frusques*[4] sont côtés : les *montants*[5], les *pelures*[6],
Exposant au grand jour toutes leurs vermoulures,
Sont soumis à l'enchère, estimés, achetés,
Payés *rubis sur l'ongle* et sur l'heure emportés.
Leur vente, au plus offrant, qui se fait en famille,
Dans son intimité, par l'accord toujours brille;

1. Maraudeurs du *Temple*, dont la profession est d'aller à la découverte des vieux vêtements.

2. Le *Carreau*, situé entre le marché du Temple et la *Rotonde*, est comme le *Parquet* de cette sorte de Bourse en plein air où les *Chineurs* vont revendre leurs marchandises.

3. Les *Beausses* et les *Beausseresses* sont les riches marchands ou marchandes du *Temple*, qui achètent aux *Chineurs*.

4. Les vêtements en général.

5. Pantalons.

6. L'on appelle ainsi tout ce qui compose le haut de la toilette des hommes : habits, redingotes, paletots, gilets, etc.

Et plus de bonne foi règne dans tous ces trocs
Que dans ceux du *foncier,* de la *rente* et des *docks.*

» Hors du *Temple,* telle est la criée ordinaire ;
Mais abordons le cœur de l'antre mercenaire.
Là, nous observerons les choses de plus près
Pour voir s'y révéler de curieux secrets.

» En quatre grands carrés le marché se divise ;
Chacun d'eux a son nom, son cachet, sa devise.
Le premier n'a pour but que luxe et vanité,
Mais l'objet du second a plus de gravité.
Nous pourrions visiter le *Pavillon de Flore*[1];
Mais le *Palais-Royal*[2] vous plaira plus encore.
Ayez l'air misérable et cachez vos écus,
Car, si vous les montrez, vous paîrez dix fois plus.
Ici, loin d'aborder un marchand, on l'évite ;
N'entrez donc point chez lui que l'on ne vous invite.
La *raleuse*[3] a parlé ; les doux sons de sa voix
Ont attiré vos yeux sans en fixer le choix ;
Mais, cédant aux attraits d'un regard favorable,
Vous faites sur vous-même un effort admirable :

1. Le *Pavillon de Flore,* deuxième carré du marché du Temple ; c'est celui du Drapeau, destiné à la vente des matelas, des draps de lit, des rideaux, des layettes d'enfants, etc.

2. Le *Palais-Royal* est le premier carré ; c'est celui où l'on vend les habillements de femme en tous genres.

3. La *Raleuse* est la fille de boutique chargée d'attirer les chalands.

Vous dotez votre sœur d'un *décrochez-moi ça*[1]
Qu'un jour, sur son chemin, un *rouleur*[2] ramassa.
Madame *Fripe-Tout*, marchande à la toilette,
Dans un bloc monstrueux en avait fait l'emplette
Et l'avait restauré fort honorablement.

» C'est ainsi que l'on voit passer honteusement
De la vie au trépas, du luxe à la détresse,
Mille colifichets de petite-maîtresse.
Le beau linge de cour s'abaisse et se rabat
Du duvet à la paille et du lit au grabat.
Le chapeau de velours, à la coupe grivoise,
Passe de la lorette à l'honnête bourgeoise ;
Et du sein de l'orgie un *Ternaux* colporté
Va couvrir les appas de la chaste beauté.

» Certes, je pourrais bien, pour enfler mon grimoire,
Parler de *Pou-Volant*[3] et de la *Forêt-Noire*[4],
Où, dans ses mauvais jours, l'impudent *mastiqueur*[5]
Reçoit ses vieux clients d'un ton rude et moqueur.

---

1. On appelle ainsi les chapeaux de femme. La *niolle* est le nom que l'on donne aux chapeaux d'homme.

2. Marchand colporteur de vieux habits.

3. Le *Pou-volant* n'est autre chose que le troisième carré du Temple, celui destiné à la vente de la vieille ferraille.

4. Quatrième carré du marché du Temple, celui principalement destiné à la vieille chaussure.

5. Le savetier fabricant de vieilles chaussures.

Mais ne pénétrons pas dans certaine boutique
Qui, loin de s'éclairer au jour de la critique,
Ne ferait qu'ajouter une ombre à mon tableau.
Là tout rayon pâlit; tirons donc le rideau
Sur ces lambeaux puants, fruit d'un labeur impie,
Et que le *Galifard*[1] porte cette copie
Chez Barba, toujours prêt à montrer ses écus
Quand on lui fait gratis un chapitre de plus.

» J'ai dit; et maintenant, sur cette place veuve,
Si des siècles passés nous remontons le fleuve,
Nous voyons un couvent de moines chevaliers,
Constituant jadis l'ordre des *Templiers*.
Cinq siècles ont couvert de leur noire poussière
Le sceptre rigoureux, la hache meurtrière
De ce prince jaloux[2] qui s'abreuva de sang
Pour détruire cet ordre, à ses yeux trop puissant.
Sur la croix des martyrs, sur leurs têtes coupées,
Sur les tronçons rouillés de leurs saintes épées,
Sur les derniers débris de cette antique tour
Où le meilleur des rois[3] expia son amour,
S'est élevé depuis ce vallon de misère
Que l'on appelle encor *Temple*, nouveau Calvaire
Où le pauvre, honteux devant sa nudité,
Va payer son tribut à la nécessité.

. . . .

1. Commis de boutique chargé de transporter les emplettes à domicile.
2. Philippe le Bel.
3. Louis XVI, qui, en 1792, eut la Tour du Temple pour prison.

VIII

LES CONCIERGES DE PARIS.

» Après avoir parlé de moi, des rois de France,
Des *Rouges* et des *Blancs*, des comptoirs d'assurance,
Des modes, des prisons, du mont-de-piété,
Des tribunaux, des lois, de l'Université,
De la presse, des *grecs*, des intrus du génie,
Des cafés, des concerts, de la fausse harmonie,
Des tripots et de l'art, de la fange et de l'or,
De quoi me reste-t-il à vous parler encor?
Je vais vous esquisser quelques traits sur la chose
Qui gît en certain coin que l'on appelle *loge*.

» Je puis parler de tout, car je vois tout d'ici.
Je suis l'ami du peuple et dois prendre souci
Des plus minces détails, des soins les plus infimes
De la société. Ses actions sublimes,
Ses élans généreux, ses vices, ses travers,
Rien ne m'est étranger : j'embrasse l'univers.

. . . .
. . . .

» Celui qui d'un logis est commis à la garde,
Qui sait tout, entend tout, sort la tête et regarde,
Fut toujours dans Paris un plaisant animal ;
Mais il mord quelquefois, n'en disons pas de mal.
Nommez-le savetier, coupeur, faquin, maroufle ;
Contre ces vocatifs il ne dit et ne souffle
Jamais le moindre mot : il comprend son métier.
Gardez-vous seulement de lui dire *portier !*
Mieux vaudrait blasphémer Dieu, les saints et la Vierge,
Abordez-le plutôt par : *Monsieur le concierge !*
Monsieur le régisseur !... et son orgueil content
Prendra ces quolibets pour de l'argent comptant.

» Si, pour sortir, le soir, vous lui criez : *La porte !*
Il vous répond tout bas : *Que le diable t'emporte !*
— *La porte ! le cordon !* — Vains mots, et cris perdus :
Ses doigts à son anneau demeurent suspendus.
Pour réparer l'injure il faut qu'on s'humilie :
— *Le cordon, s'il vous plaît !* — Monsieur... je vous supplie
De vouloir bien, pour moi, tirer votre cordon !
Votre humble serviteur vous demande pardon !... —
Et *crac !* au même instant, l'agile manivelle
Dans toutes ses faveurs devant vous se révèle.
On entend, sous ses gonds, le chêne retentir :
Chez soi le maître est maître et vous pouvez sortir.

» Êtes-vous étranger ? vous croit-il, à cette heure,
Pour la première fois, venu dans sa demeure ?
Du *chef* de la maison respectez l'oripeau,
Humblement devant lui tirez votre chapeau ;

Saluez, mais surtout pas le moindre mystère ;
Demandez-lui toujours le nom du locataire ;
Car, si vous l'oubliez, Cerbère est en courroux,
Et très-insolemment il vous dit : *Qu'voulez-vous?*
C'est l'accueil que vous fait ce grossier personnage
Qui croit qu'on a besoin de son haut patronage !
— Qui? moi !... ce que *je veux?* drôle ! *je voudrais* bien
Essayer sur ton dos le châtiment du chien !...

» Voyez comme il s'étend et comme il se prélasse
Dans son fauteuil moelleux !... Lorsqu'il y tient sa place,
Les journaux du matin, le soir n'arrivent plus
Aux pauvres abonnés qu'après qu'il les a lus.

» Sa fille a dix-huit ans ; vantez-lui cette fille,
L'astre de *sa maison*, l'espoir de sa famille.
Tout jeune prétendant hasarde en son honneur
Le propos le plus leste et le plus suborneur ;
Car l'auteur officiel d'une si chère tête
Est toujours enchanté quand on fait sa conquête.
Vous n'êtes son ami que si vous l'outragez,
Et vous êtes perdu si vous le ménagez.
Il cire, il glisse, il danse, il brosse, il époussette,
Il laboure en seigneur, fièrement il valette.
L'orgueil n'empêche pas le travail journalier
D'aller toujours son train. Si, dans *leur* escalier,
Vous rencontrez *monsieur* avec *mademoiselle*,
En passant devant eux, dites-*leur* : — *Qu'elle est belle!*
Alors, il se rengorge et lui dit : — Va, *Mincau*,
Laisse là ton balai, reprends ton piano !

» Un jeune professeur, en retard de trois termes,
Mais qui ménageait mieux son langage et ses termes,

La fille du concierge.

Par ce mot *qu'elle est belle!* agréable au papa,
Avec son mobilier, un beau jour, décampa. »

IX

LES SALLES DE SPECTACLE. — LES DIRECTEURS DE THÉATRE. — L'AUTEUR DRAMATIQUE
QUI N'A PAS ENCORE ÉTÉ JOUÉ. — LA CLAQUE.

« J'ai peint la gent grossière, orgueilleuse et servile
Qui garde vos foyers dans Paris la grand'ville.

Paris vu des hauteurs de Montmartre.

Je vous l'ai dit ailleurs, et c'est la vérité :
La classe, la puissance ou la divinité
Pour laquelle Paris brûle le plus de cierges,

C'est celle des portiers ; mais, après les concierges,
Vos plus grands souverains, ce sont les directeurs
Des salles de spectacle ou leurs ordonnateurs.

L'Ordonnateur.

» Sur ces tréteaux fameux, *voués au ridicule,*
Quels sont donc les parfums et l'encens que l'on brûle?
C'est l'or, c'est avec lui qu'il faut les encenser ;
Malheur à l'écrivain qui veut s'en dispenser !

» Je connais un *bohème,* animal plein de rage,
Qui n'a, dans ses échecs, jamais perdu courage.
Il poursuivait toujours son but, bon gré, mal gré :
— Monsieur le directeur?…—Absent. — Je reviendrai,
Répondait-il toujours à la subtile escorte
Chargée à son aspect de lui rouvrir la porte.

» Il labourait la nuit pour récolter le jour :
Les dieux de son autel et les rois de sa cour,
C'étaient les directeurs ; car surtout au théâtre
Son goût s'était voué par un culte idolâtre :
Il avait abordé le *Théâtre-Français !...*
Des temples de Comus ce doyen rachitique
Avait eu les honneurs de ses *futurs* succès ;
Puis, descendant à ceux d'un plus facile accès,

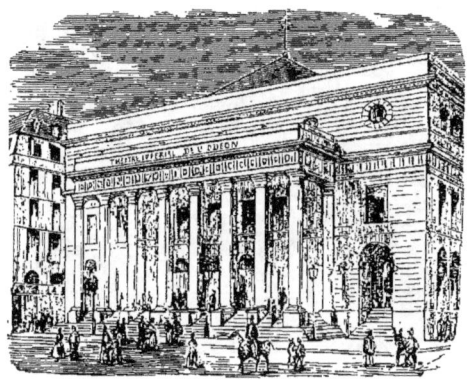

Théâtre de l'Odéon.

L'*Odéon*, le *Gymnase* et l'*Ambigu comique*,
Sa muse descendait l'échelle dramatique,
Lorsqu'un des directeurs qui l'avait bafoué,
Lui dit un jour : — *Monsieur a-t-il été joué ?*
— Pardon ! lui répondit le postulant novice,
Mais sous mon vers strident je sais fronder le vice,
Démasquer l'imposture, et... malheur au méchant !

— Tout cela, mon ami, peut être fort touchant
Pour vous, si le public surtout s'en accommode;
Mais moi, pour tout début, je dis *non!* c'est ma mode :
Je m'en réfère au choix de mon haut comité,
Dont on a reconnu l'impartialité.
Laissez le manuscrit, en toute confiance,
Au secrétariat. L'esprit de conscience
Est la loi qui régit mes examinateurs,
Qui sont du vrai talent bons appréciateurs.

Le bohème solliciteur.

» — Accepté. — L'auteur part; il a laissé sa pièce
Au bureau des dépôts, et s'en retourne en liesse,
Comptant, non sans motif, sur un succès divin.

» — Pourrait-il se tromper, cet habile écrivain?
Dit-on au directeur; il a l'œil prophétique
Et l'esprit pénétrant ! Heureux dans sa critique,
Il prévoit aujourd'hui ce qu'il sera demain...

Ouvrez-lui vos salons, frayez-lui le chemin
De la célébrité : c'est un grand moraliste...
Et puis...—Eh bien ! et puis?...—N'est-il pas journaliste?
— Bah ! la presse, la presse ! A-t-il des écus? — Non.
— Fort bien ! chez le portier qu'on inscrive son nom!...

» Or, quelques mois après, il revient... on l'annonce.
— Que demande monsieur? —Ma pièce ! la réponse?
Qu'en dit le comité? — Quel titre? — *Le Devin.*
-- Cette pièce est marquée au numéro *cent vingt.*
— Cent vingt! Expliquez-moi ce que cela veut dire.
—C'est *celui* sous lequel je vous ai fait inscrire.
— Inscrire!... à quel propos? et quand me joûra-t-on?
— Je ne sais; mais voilà : dix-septième carton...
Cent vingt. — Devrai-je ainsi compter longtemps encore?
Quand doit se prononcer le jury? — Je l'ignore...
Peut-être dans six mois, peut-être dans six ans ;
Peut-être.... — En vérité, vos statuts sont plaisants!...

» Il sort, et quand, plus tard, revenant à la charge,
Par un chemin frayé, plus facile et plus large,
Il arrive au bureau pour réclamer ses droits,
On lui dit qu'on en est au numéro *vingt-trois!*

» Alors, il n'y tient plus; il prétend qu'on l'outrage ;
Il veut sa pièce ; en vain on la cherche : il enrage ;
Et ce cher manuscrit, pressé d'être rendu,
Devient, après dix ans, un manuscrit perdu!...

» La pièce est bonne, oui, *mais...* on sait ce qui lui manque ;

26

Ajoutez aux beaux vers de bons billets de banque...
Payez cent paltoquets, machines-encensoirs,
Cent juges, dont les mains sont comme des battoirs ;
Et de ces chevaliers l'enthousiasme infâme
Assurera demain l'heureux succès du drame.

» Il est vrai qu'on pourrait ajouter, au besoin,
Qu'avec de tels appuis vous n'irez pas bien loin ;
Mais qu'importe ? *on vous joue !* on peut vous mettre en plâtre ;
Et si jamais, plus tard, dans un autre théâtre,
On vous disait : — *Monsieur a-t-il été joué ?*
— Oui, répondriez-vous, *complétement joué.* »

X

L'ARGENT MAITRE DU MONDE. — CONTRE QUI MOLIÈRE AUJOURD'HUI N'ÉCRIRAIT PLUS. —
QUELS HOMMES ET QUELS TRAVERS IL FUSTIGERAIT. — FIN DU RÊVE. — CONCLUSION.

« C'en est donc fait ! toi seul, argent, maître du monde,
Tu règnes, aujourd'hui, sur la terre et sur l'onde !...

» Si Molière vivait, lui dont l'œil si subtil
Voyait tout et si bien, à qui s'en prendrait-il ?

» Il ne s'en prendrait plus à *la misanthropie*,
Beau travers, aujourd'hui modèle sans copie,

Par la seule raison qu'il est une vertu ;
Ridicule affranchi, tant il fut combattu.

» Il ne s'en prendrait plus aux *savantes;* les femmes
Ont toutes de l'esprit : toutes ont fait des *drames.*

» Il ne s'en prendrait plus aux *tartufes dévots;*
Ceux-là n'existent plus : il en est de nouveaux.

» Il ne s'en prendrait plus aux *bourgeois gentilshommes,*
Parce que, maintenant, *l'est qui veut;* tous nous sommes
Nobles selon le cœur. La noblesse du jour,
C'est celle du mérite et non celle de cour.

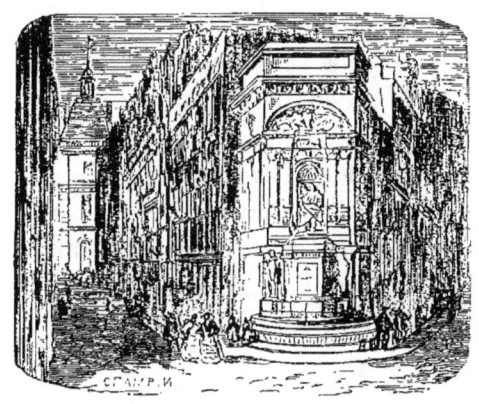

La fontaine Molière.

» En un mot, si jamais la France, heureuse et fière,
Pouvait, dans un effort, reproduire un Molière,

Qui fustigerait-il ? — Les *grecs*, les financiers,
Les satrapes de l'or, les joueurs, les *boursiers*.

. . . .

. . . .

. . . .

» Faites des vers, qu'au moins d'accord avec la prose,
La poésie, un jour, soit bonne à quelque chose.
Lorsqu'on sert bien l'État et qu'on a le cœur grand,
L'on peut être maçon, poëte ou tisserand ;
Mais partout tenez bien la mesure ou le mètre ;
Et surtout, croyez-moi, ne changez plus de maître...

» L'Empereur, dont le Ciel protége les succès,
Est l'avocat, le père et l'ami des Français.
Tels sont dans le présent les titres qu'il préfère
Sur tous ceux que le peuple à bon droit lui confère ;
Et la postérité, reine de l'avenir,
Trouvant tout achevé, n'aura plus rien à faire,
Pour ces mêmes Français, qu'à louer et bénir
Le neveu du soldat qu'ils ont laissé bannir. »

. . . .

. . . .

. . . .

A ces mots le héros se tut : deux grosses larmes
Tombèrent sur sa croix..... Le cliquetis des armes

Se mêla, dans les airs, aux vivat de son nom ;
Et je fus réveillé par un coup de canon.

. . . .

. . . .

Car c'était *le quinze août*, grand jour de délivrance
Pour la mère du Christ qui protége la France.

. . . .

. . . .

Mon rêve avait uni la veille au lendemain,
Et le jour me surprit un feuillet à la main.

. . . .

. . . .

Ma plume, de ce songe interprète fidèle,
Esquissa ce tableau calqué sur son modèle.

. . . .

. . . .

L'Empereur a parlé : moi je vous ai redit
Tout ce qu'en l'écoutant mon oreille entendit.
Ce qu'il laisse échapper au profit de sa gloire
N'a rien d'exagéré, c'est de la pure histoire.
Au héros qui compta partout tant d'ennemis
Et tant d'admirateurs, l'orgueil même est permis.
Il ne peut s'élever plus haut que son étoile,
Qui perce le soleil et ne veut pas de voile.....

Il appartient au monde, au temps, à l'avenir :
Ma muse à ce grand nom devait un souvenir.

. . . .
. . . .

PARIS-NAPOLÉON ! cette alliance est belle ;
Elle unit la splendeur à la célébrité.
Il n'était qu'un héros dont la gloire immortelle
Fût digne de Paris, l'immortelle cité.

TABLE

PREMIÈRE PARTIE

LES MONUMENTS — L'HISTOIRE — LA POLITIQUE ET LA CIVILISATION

DEUXIÈME PARTIE

LES ÉTABLISSEMENTS ET LES INSTITUTIONS

TROISIÈME PARTIE

LES MAISONS

QUATRIÈME PARTIE

LES RUES

FIN DE LA TABLE

Paris. — Imprimerie de ÉDOUARD BLOT, rue Saint-Louis, 46, au Marais.
(Ancienne maison Dondey-Dupré).

www.ingramcontent.com/pod-product-compliance
Lightning Source LLC
Chambersburg PA
CBHW061450030726
47503CB00005B/1657